ホテル・ピーベリー

近藤史恵

双葉文庫

目が覚めると、毎日のように雨が降っていた。

この土地の雨は、いつも同じ表情をしている。夕立のように、一瞬の激しさであたりをずぶ濡れにしてしまうことはないし、ざあざあと音を立てて降り注ぐこともない。

この土地の雨は、霧に混じるようにひそやかに、そして静かに地面や木々を湿らせる。少し歩くくらいならば、傘を差す必要はない。

不快ではないとはいえ、ここにくる前に抱いていたイメージとは百八十度違う。もっと、常夏のまぶしいほど暑い太陽を想像していた。

だが、少なくともぼくが滞在しているこの町は、泳ぐのには少し肌寒い。海に入っている地元の人々もいるが、ぼくはそんな気にはなれなかった。

四国の半分以上あるという、この大きな島でも、雨が降る場所は限られているらしい。西の方の海岸線沿いでは、ほとんど雨は降らない。

ひとつの島が、雨の降る地域と降らない地域に、くっきりと分けられることは、それまで日本から出たことがなかったぼくには、かなりの驚きだった。

よく考えれば、それは少しも不思議なことではない。

人間だって、土砂降りばかりの人生もあれば、曇り空さえないように見える人もいるではないか。

第一章

飛行機は旋回して、だだっ広い大地に降りた。

お世辞にも上手とは言えない着地のあと、機体はゆっくり滑走路を滑っていく。

ぼくは、肘掛けから手を離して、深く深呼吸をした。飛行機は苦手だ。

今まで飛行機に乗ったのはたった一度だけ、大学の卒業旅行で沖縄に行ったときだ。

たった二時間半だったのに、背中は鉄板のように強《こわ》ばり、手のひらが汗でぬるぬるになった。一緒にいた仲間たちから、ずいぶんからかわれた。

大学生のときのぼくは、仲間たちから頼りにされ、仲間たちを引っ張っていくタイプだった。そんなぼくが、飛行機が怖いと言うのがおかしいと彼らは笑った。

たった四年ほど前のことなのに、ずいぶん昔のように思えた。

たぶん、時間ではない。ぼくが遠い場所まできてしまったということなのだ。

成田からオアフ島までは七時間。そこで乗り継いで、ハワイ島まで一時間。計八時間乗っても、飛行機には少しも慣れることができなかった。

これが、一週間くらいで帰る旅行でないことが、今は心底ありがたいと思う。

帰国便は三ヶ月後。長い長い休暇だった。

日本であくせく働いている友人や知人が聞いたら、うらやましがるのか、それともあきれるのか。

飛行機が停止し、乗客たちが席を立つ。ぼくも機内持ち込み用のリュックを手に立ち上がった。

飛行機を出て、タラップに立って一瞬戸惑う。

なにもない。そう思ったのだ。

だだっ広い滑走路と、それを区切るフェンスは見えた。だが、フェンスの外にも建物などなかった。

分厚く重そうな雲が、遠くの方、地面ぎりぎりまで広がっていた。

後ろの大柄なアメリカ人が咳払いをした。立ち止まっていたことに気づいたぼくは、あわててタラップを降りた。

乗客たちがぞろぞろと向かっている方向にはゲートがある。あそこで乗る際の手続きをするのだろう。だが、その先にはビルや建物はない。ゲートをくぐった先も屋外だ。

屋根もない売店やレストランらしきものがあるだけで、空港と呼ぶのにはあまりにも貧相だ。日本では、地方の駅ですら、もう少しいろいろあるだろう。

戸惑いを隠せないまま、後ろの乗客に押されるようにゲートをくぐり抜けた。

さすがに荷物をピックアップするところに屋根はあるが、そこに寄らなければ飛行機を降りてそのまま外に出てしまえる。

入国手続きは、ホノルルの空港で済ませているから、このヒロ空港でしなければならない手続きはなにもない。そうわかってはいても、なにか忘れ物をしたようで落ち着かない。

だが、はじめて知った。

大きな建物や山がなければ、地面ぎりぎりまで空が続くのだと。

日本では、地面ぎりぎりまで続いている空などほとんど見られない。見られるとしたら、海の向こうに広がる空だけで、そうでなければ空は途中で途切れている。

空は高いところにあるものだと思っていた。そうではなく、地面から数センチ上でもその間に遮るものがなければ、そこには空がある。

そんなことを考えながら、預けた荷物が出てくるのを待つ。

そんなに大きな荷物ではない。パラシュート素材の旅行鞄の中には、Tシャツと替えのジーパン、あと下着が少し入っているだけだ。貴重品やノートパソコンはリュックに入れてるし、カメラは悩んだ末、家に置いてきた。

ほかに必要なものは、こちらで入手すればいい。

ベルトコンベアーの上を、スーツケースに交じって流れてきた自分のバッグを見つけて、持ち上げる。

日本人の若い女性が、巨大なスーツケースと格闘している。ほかの旅行者と比べても、ひときわ大きいスーツケースで、百リットルは入るだろう。

ちらりとこちらを見た目が助けてほしそうだと思ったが、関わり合いになるのは面倒だ。

顎のとがった、顔の小さいかわいらしい女性だったから、数ヶ月前のぼくならば喜んで手伝っただろう。

売店の横を通ると、冷蔵ケースの中にプルメリアのレイが食品のように収められているのが見えた。売っているのだろう。

昔、どこかで見た映像では、ハワイに到着する旅行客の首に、現地の女性がこのレイをかけていた。歓迎の意を示すのだと聞いたことがある。

なんとなく、自分の首にも、現地の豊満な美女がレイをかけてくれるような気がしていた。ツアーでハワイを訪れたなら、そんなサービスだってあったかもしれない。もちろんツアー代に込みで。

だが、そうでなければ、歓迎のしるしすらショーケースに収められて金を出して買うほかはないのだ。

ともかく、この地に降りて、まだ十分も経たないのに、ぼくはなにもかもが思っていた情景と違うことに困惑していた。

ハワイは日本人だらけで、どこに行っても日本語が通じると聞いていたけど、日本人は少ししかいない。

ホノルルまでの飛行機は日系航空会社を利用したから、日本人はたくさん乗っていたが、みんなホノルルで降りてしまったようだ。

ヒロというのは、ハワイで二番目に大きな町だと聞いたのに、空港のまわりはなにもない。

そして、なによりハワイと言えば、はじけるようなまぶしい太陽を想像していた。すべての色が輝いて、澄んでいるのだと勝手に思い込んでいた。

だが、太陽は灰色の雲にすっかり覆い隠されて、今にも雨が降りそうだ。

こんなものだ。ぼくは失望をそんな一言で片付けた。

失望はいつにも増して、自然にぼくの気分になじむ。むしろ愛おしく感じるほどだ。

旅のわくわくする気持ちよりも、よっぽどぼくに似合っている。

空港を出て、あたりを見回す。

滞在するはずのホテルから、迎えがきているはずだった。飛行機の時間はちゃんと伝えている。

だが、ここは南国だ。日本とは違う時間が流れているかもしれない。

空港の前だというのに、客待ちしているタクシーすらごくわずかだった。想像よりも遙かに田舎だ。こんなところに、三ヶ月も滞在していられるのだろうか。

予約の変更ができる高いチケットを買おうかとぎりぎりまで悩んだが、結局は格安チケットを買ってしまった。

あまりに値段が違うことが理由のひとつ、もうひとつはその不自由さがかえって心地よく感じられたことだ。

望んで島流しに遭うのだ。時間が長ければ長いほど、見えるものもあるだろう。

きょろきょろとしていると、そばに白いバンがすうっとやってきて停車した。窓が下がって四十歳くらいの日本人女性が顔を出した。

「木崎《きざき》くん？」

「あ、はい、そうです」

ぼくの名前を知っているからには、この女性がこれから滞在するホテルの人なのだろう。

後ろのドアを開けてくれたので、後部座席に乗り込む。

無造作にパーマをかけた髪と大きなサングラス。友達との会話などではおばさんと呼んでしまいそうな年格好だが、本人はおばさんと呼ばれたら怒るだろう。

日本人なのはひとめでわかるが、一方で日本にいる同じ年代の女性とはどこかが違った。美白など気にすることはないかのように、肌は日に焼けてうっすらしみが浮いているし、なにより、日本でこの年代の女性は、こんな服装をあまりしない。

上半身は背中がクロスになったキャミソール一枚で、ブラジャーさえしていないことがはっきりわかる。あとはハーフパンツにビーチサンダルだけだ。

痩せていて、胸もほとんどないからいやらしさはほとんど感じないが、やはり少し戸惑う。

五ヶ月前までは小学校の教師として働いていた。同僚にもこの年代の女性はいたし、生徒の母親にも多い年代だった。家庭訪問やPTAの総会などで会う人たちは、たいてい化粧をして、夏でもストッキングをはいている。たまに、ラフな服装をしている人がいても、せいぜいTシャツとジーパンだ。

こんな格好をしている人がいれば、白い目で見られるだろう。

ぼくが乗り込んでも、彼女はなかなか車を動かそうとしなかった。ハンドルに腕を乗せて、空港の出口を見ている。

「どうしたんですか？」

「もうひとり同じ便でくるはずなんだけど」

数部屋しかない小さなホテルで、しかも長期滞在者がほとんどだというから、てっきりぼくひとりなのだと思っていた。

すぐに、先ほど、荷物レーンで見かけたOLのような女性が自分の身体ほどもあるスーツケースをごろごろと押して歩いてきた。だれかを探すようにあたりを見回している。

もしや、と思っていると、運転席の女性が窓を開けた。

「桑島《くわしま》さん？」

彼女がぱっと笑顔になる。

「ホテル・ピーベリーの方ですか？　よかった」

運転席の女性は、ドアを開けて車から飛び降りた。

スーツケースを受け取って、後部のトランクに載せる。細い腕に筋肉が浮き上がった。

車に乗り込もうとした桑島という女性は、ぼくに気づいてはっとした顔になる。

ほかに客がいるとは思っていなかったのだろう。

ひとりだと思っていたのに、同乗者がいたという鬱陶しさは、さきほどぼくも感じた。

なのに、若い女性にあからさまにそういう顔をされると、自分勝手にも少し傷つく。

こんなことなら、さっき荷物を下ろすのを手伝ってあげればよかった。少しは印象もよくなっただろう。

ただでさえ、ぼくは髪を金髪に染めている。お世辞にも好青年とは言えないだろう。

彼女はぼくの座っている列ではなく、ひとつ前の列の座席に腰を下ろした。

「木崎淳平《じゅんぺい》くんと、桑島七生《ななお》さんね。わたしは瀬尾和美《せおかずみ》。よろしくね」

運転席の彼女はそう言った。

桑島さんの髪からはふわりといい匂いがした。きちんとブローされ、下品でない程度に染めた髪。

「和美さんはホテルの……？」

桑島さんは答えを和美さんにゆだねるように、曖昧に尋ねた。

「スタッフよ。ふたりとも何でも聞いてね」

「よろしくお願いします」

桑島さんが晴れやかな声でそう言った。ぼくも挨拶をしていないことに気づいて、あわててぺこりと頭を下げる。

和美さんは、髪をかき上げて笑った。

「こちらこそよろしくね。ま、なんにもないけど、そこがいいところよ」

ハンドルを切って車をUターンさせる。

彼女は笑いを含んだ口調で言った。

「日本じゃ、なにもしないでいることも難しいでしょ」

ぼくにこのホテルのことを教えたのは、杉下という友人だった。高校の同級生だったが、大学時代に海外旅行にはまり、定職に就かないまま旅に出てばかりいる。引っ越し業務や宅配便の配送など、実入りのいい仕事で二、三ヶ月働いて金を貯めると、それを持って数ヶ月や半年海外に出る。その繰り返しだった。

性格はまったく似ていなかったのに、なぜかウマが合い、杉下が日本に帰ってきている間は、しょっちゅう一緒に飲み歩いていた。

それは、ぼくが仕事をやめて、四ヶ月ほど経ったときのことだった。

チェーン店の安い焼き鳥屋で、隣の席にはまったく盛り上がらない合コン集団がいた。その重苦しい空気がこちらにも伝わってくるようで、ぼくたちの話もいつものようには盛り上がらなかった。

鶏皮を歯で引き抜いた後、杉下が唐突に言った。

「おまえさ、海外にでも行ってきたら？」

そのときは、彼が自分の趣味をぼくに押しつけようとしているとしか思えなかった。

「え？　やだよ。英語できないし」

「できないって、おまえ高校の時、成績よかったじゃないか。中学から大学まで十年も勉強して、できないはずないだろ」

「できないよ。練習問題は解けても、喋れない」

「練習問題が解けるってことは、語彙も豊富だし文法もわかってるってことだろ。あとは慣れだけだよ」

普段は自分の嗜好をこちらに押しつけることなどない男なのに、なぜかこの日は執拗に食い下がった。

たぶん、彼はぼくのことを心配していたのだろう。

不思議だった。これまではずっと、ぼくが杉下のことを心配していた。今はそれでよくても、彼女と結婚するときはどうするんだとか、力仕事はいつまでもできるわけじゃないとか、小言めいたことを言ったこともある。

その構図が逆転して、彼がぼくを心配するようになるとは考えもしなかった。

ぼくが学校を辞めたいきさつは話していないが、普通なら教師は年度の途中で退職したりしない。自己都合の退職だったが、なにかがあったことは察していたはずだ。

しかもいつまで経っても新しい就職先を探そうともしないし、しかも髪まで金髪にした。金髪のまま、教師として雇ってもらえるはずはない。髪を染めたことで、ぼくは教師として再就職するつもりがないことを意思表示したも同然だった。

本当のところは、ただやってみたかった、というだけにすぎなかった。

美容室で、冗談のように「金髪にしてみたい」と言うと、担当の美容師がその気になってしまって、やっぱりやめると言い出せなかった。

それでも金髪にした時点で、妙な解放感があったのは事実だ。

持っていた服はスーツも含めてなにもかも似合わなくなり、新しい服を買わなければならなくなった。

周囲の人々の反応が変わったのもおもしろかった。電車の席も、いつまでもぼくの隣だけが空いていたし、警察の職務質問もよく受けるようになった。

たかが髪の色ひとつで、ここまで扱いが変わるということが、羊のような人生を送ってきたぼくには、珍しく、しかも楽しかった。

杉下は、ハイボールをちびちび飲みながら言った。

「もったいないじゃないか。四ヶ月もなにもしてないんだろ」

「本は読んでるよ。映画もＤＶＤで観てる。別に暇をもてあましているわけじゃない」

これは少し強がりだ。

家にこもって本ばかり読んでいるのは、本当に本が読みたいからではなかった。ほかになにもすることがないからだ。

毎日が無駄に終わったと思うのが怖くて、たまっていた本を片付けているだけだ。

「まあ、無理にとは言わないけれどさ……」

杉下はあきらめたようにそう言った。

海外旅行なんか興味がないと決めつけていたのに、そうなるとなぜか急に気にかかる。

「小心者だから、危ないところとか行きたくないんだよな。不潔なところも駄目だし」

「安全で清潔なところに行けばいい。ヨーロッパとかならそれほど危険じゃない。アジアに比べれば金はかかるが」

「ふうん……」

そう言われてもヨーロッパに見たいものなどない。町並みが美しくて、美術館には教科書で見たことのある名画が並んでいるのだろうということは想像できても、魂が揺さぶられるようなものはなにもなかった。

ふいに杉下が目を輝かせた。

「ハワイはどうだ？」

「ハワイぃ？」

不満そうな声を出してしまったのにも理由がある。

その当時、ぼくがハワイに抱いていたイメージはたったひとつ——正月になると芸能人やミーハーな人々が大挙して訪れる島——だった。

海で泳いで、ブランドものを安く買う。日本人があふれて、どこでも日本語が通じるリゾート。そこになにか新しいものがあるとは思えない。

新婚旅行かなにかで行くのならまだしも、たったひとりで行ってなにをするというのだろう。

杉下はそんなぼくの反応も予想していたようだった。

「あ、馬鹿にしたな。でも、意外にいいんだよな。あそこ」

「家族連れやカップルばかりだろう。よけいにいやな気分になる」

「ホノルルはな。でもホノルルはハワイのほんの一部だ。オアフ島でもホノルルから離れれば、日本人の家族連れの数はぐんと減るし、マウイ島やハワイ島やカウアイ島まで行けばそれぞれ風景も空気も違う」

ぼくは杉下も、ハワイなど馬鹿にしているとばかり思っていた。

最近、彼が行ったのもラオスやブータン、スリランカなど、メジャーな観光地とは言えない国ばかりだった。

そう言うと彼はにやりと笑った。

「実は俺も行くまではそう思ってた。でもあそこは不思議な島だよ。行った人間を魅了するんだ。小さな島々なのに、信じられないくらいいろんな顔を持っている」

「へえ……」

「なんたって、気候がいい。暑いには暑いが、風がさわやかだ。人も親切だし、それこそ日本語が通じる場所も多い。旅行のストレスはほとんど感じなかった」

「なるほど」

ヨーロッパと聞いたときにはまったくそそられなかった気持ちが、少し浮き立つのを感じた。

ヨーロッパの人々はよそよそしいイメージだが、南の島の人はあたたかそうだ。大柄でよく太っていて、いつも明るい。

そのときはちょうど十月で、急に寒くなったことも関係していたのだろう。ぼくは南に行きたかった。まぶしいほどの太陽が見たかった。

「ハワイ島に行ったとき、おもしろいホテルがあったんだ」

そのときは知らなかったのだが、ハワイ島はハワイ諸島の中でもっとも大きい島だ。ハワイ諸島の中で区別をつけるために、地元の人々はビッグアイランドと呼ぶ。

「日本人が経営してるんだけどさ、長期滞在者割引があって、ほかのホテルに泊まるよりも長期ならぐんと安い。町からは少し離れていて不便だが、ホテルの中にプールもあるし、なにもせずにだらだらするのにはもってこいだ。部屋は全部で六室だったかな」

「六室？　小さすぎるだろう」

「まあな。ホテルというより、B&Bと言った方がよさそうだ。でも部屋もきれいで飯もうまかった」

ぼくは首をかしげた。隣の合コン集団は、盛り上がらないままに席の並び順を変えている。

「でも、そんないいホテルで、しかも部屋数が少ないのなら予約が取りにくいんじゃないのか？」

「それがそうでもないんだ。なぜなら、このホテルには妙なルールがある」

「ルール？」

「そう、そのホテルに客が泊まれるのはたった一回だけ。リピーターはなしだ」

それを聞いて驚く。普通、そんな小さいホテルはリピーターを当て込んで営業するものではないのだろうか。

「どうしてだ？」

「オーナーが言うのには、常連客ばかりで馴れ合っている宿の空気が嫌いなんだと。まあ、俺もバックパッカーだからわからなくもない。長期滞在の多い安宿は、その宿の主《ぬし》みたいなのがいたりするからな。しがらみから自由になりたくて、日本を飛び出しているのに、その先でまたしがらみ作ってどうするんだとぼくも思うよ」

それは日本を出たことのないぼくにはよくわからない。

「もともとオーナーもバックパッカーだったらしい。世界を放浪して『長すぎる夏休みは人の心を蝕《むしば》む』という結論に達したと言っていた」

胸にかすかな痛みが走った。それはぼくも気づきかけていた。長すぎる休暇はたしかにぼくの心を侵食していた。澱《おり》のようなものが次第に心に溜まってきているのに、それでも身体は自堕落さに慣れて、なにもしたくないと思い始めていた。

「だから、その宿ははじめての客しか泊めない。いちばん長くて三ヶ月。アメリカにビザなしで滞在できるのは三ヶ月が最長だからな」

杉下は静かに首を横に振った。

「俺はあんまりよく考えずに一週間しか滞在しなかった。普段もひとつの都市には一週間しかいないことにしているから。でも、今になって思えば三ヶ月あそこにいればよかったよ。一度泊まったからには、もうあそこへは戻れない」

彼があまり懐かしげに言うから、ぼくもこう尋ねてしまった。

「そのホテルのことを、教えてくれないか？」


ヒロの町は一瞬で通り過ぎてしまった。ハワイで二番目に大きい町といっても、こんなものなのか、と驚く。

パームツリーの並木の向こうに海が見えて、やっと南国らしい風景になる。空は相変わらず薄曇りだが。

ホテル・ピーベリーはヒロの町から車で二十分くらいの距離だと聞いた。

車に乗ってからまだ数分しか経っていないのに、桑島さんはもう和美さんと話が弾んでいる。

「ホテルにいるのは日本人ばかりなんですか？」

「今はそう。たまに中国や韓国の人もくるけど……まあ、オーナーが日本人だからね。どうしてもそうなるわ。今は日本人の男が三人。今日から女の子がくるって言ったら舞い上がってたわ。まあ、妙なことをするような人はいないと思うけど、なんかいやなことがあったら言ってね」

「いえ、大丈夫です」

ヒロを抜けてしばらくすると、急に太陽が明るくなった。思わず声が出た。

「ああ、晴れてきた」

和美さんはくすりと笑った。

「ハワイ島は天気の変化が激しいの。雨が降ってたかと思うと、急に晴れるし、かというとまた急に雨が降るし……雨が降りやすい場所といつも晴れている場所もあるから、ドライブしてて、雨に遭わないってことはないわね。必ずどこかで雨は降っている」

「そうなんですか……」

うまく話題を広げることができずに、ぼくは相づちだけ打った。

「あなたたち、車の運転はできる？」

和美さんの質問に、桑島さんが頷いた。

「はい、できます」

ぼくは少し口ごもる。免許は持っているが、ペーパードライバーだ。しばらくハンドルを握っていないから、運転できるかどうか怪しい。

そう言うと、和美さんはちらりと後ろを見た。

「見ての通りの一本道。信号だって滅多にないし、対向車もあんまりこない。日本で運転するよりずうっと簡単。ひさしぶりにハンドル握ったって大丈夫よ。さすがに無免許じゃまずいけど」

「でも、国際免許を取ってこなかったから……」

そう言うと今度は桑島さんが振り向いた。

「ハワイは日本の免許証があれば大丈夫」

どうやら、彼女はきちんと下調べをしていたらしい。旅慣れているのだろうか。

女性はこんなとき、往々にして男性よりも頼りになることが多い。

「ハワイ島は車がないと、ほとんど身動き取れないわよ。バスもないことはないけど、一日二本とかだから」

思わず少し笑ってしまった。東京で生まれ育ったぼくには考えもつかない世界だ。

「あと、ヒロに行くなら、わたしが買い物に出るときか、朝、うちの宿六がヒロに仕事に行くときに一緒に乗せていってあげることはできるわ。帰りの時間も合わせてもらうことになるけど」

つまり、和美さんは既婚者で、旦那はヒロで働いているということだ。

「やどろく？」

桑島さんが小首をかしげて、その単語を繰り返した。

「あはは、若い人はこんなことば知らないわよね。夫のことよ」

道路は次第に山に分け入っていく。といっても急な道ではなく、なだらかな傾斜が続いているだけだ。

「なんかさ、男が自分のパートナーを紹介するときって、『かみさんが』とかラフな単語があるでしょ。でも、女だと『旦那』とか『主人』とかになるじゃない。なんか、slaveっぽくっていやなのよ」

slaveと言ったときの発音が、英語を喋り慣れている人のものだ。ぼくは思わず口を挟んだ。

「かみさんだって、元々は尊称ですよ」

「え？」

「語源には諸説ありますけど、『山の神』からきているという説が強いです。もともと日本の山の神様は、女性だと言われています。『うちの山の神様』ですからね。比喩的なものだとしても、旦那や主人と同じくらい、敬ったことばだと思いますよ」

「そうなんだ……知らなかった」

桑島さんが、また後ろを向いてそう言った。ぼくは苦笑した。

昔の自分など脱ぎ捨てたつもりだったのに、ふとしたときに頭をもたげてくる。髪の色や服装で周りの人の目はごまかせても、自分自身はごまかせない。

「へえ……木崎くんって物知りなんだ」

「たまたま知ってただけです」

いやらしく謙遜してみる。まだぼくは、昔の自分をそのまま受け入れることができない。できれば切り離したいと思っている。

「着いたわよ」

少し先に、二階建てほどの一軒家があるのが見える。

青い屋根に白い壁、バルコニーや外にある階段は紫がかったピンク。可愛らしい色使いだが、雨風にさらされたせいでいい具合に色あせている。

小さなプールがあり、プールサイドにはデッキチェアが並んでいた。

フロントガラスに雨粒がぽたり、と落ちた。気づけばまた空は暗くなっている。

車は無造作に、家の前に停まった。

Hotel Peaberry と書かれた白い看板が、道路に向かって立っている。

車を降りた桑島さんが、空を見上げてつぶやいた。

「あいにくの雨ね」

「ここは雨が多いの。その代わり、作物はよく育つけどね」

和美さんは、トランクから桑島さんの大きなスーツケースを下ろしながらそう言った。

ぼくも車を降りて、外の空気を吸い込んだ。

霧のように細かい雨だった。濡れていることがそれほど不快ではない。

ホテルは高台に建っていて、眼下に海が広がっていた。

和美さんは、桑島さんのスーツケースをホテルに運んでいた。ぼくは自分のバッグを肩にかけた。

ここが気に入らないわけではない。寂しいのも不便なのも覚悟のうちでやってきた。

建物は思っていたよりも感じがいいし、景色も気持ちいい。

なのに、ぼくはひどく戸惑っていた。

自分で望んでここまできたはずなのに、目に見えないものに無理矢理引きずられてきたような気がしているのだ。

これが、旅の感傷というものなのだろうか。

ぼくにあてがわれたのは二階のいちばん奥の部屋だった。六室というから、ペンションのような間取りを想像していたが、アパートのように外側の廊下に沿って各部屋のドアが並んでいる。ホテルの横についた階段を通って、そのまま外に出られる構造になっていて、プライバシーも守られている。だれにも会わずに外に出るのも簡単だし、もちろん部屋にこもっていても、それを知られることはない。

一方で一階には、朝食や夕食がとれるカフェのようなスペースと、宿泊客が自由に使える共同のキッチンがあった。

和美さんの話では、ここによく宿泊客が集まって時間を潰しているということだった。朝食は宿泊代に含まれているが、夕食は前日から予約をすることで、別料金で用意してもらえる。もちろん自炊をしてもいい。買い物は自分でしなければならないが、手に入りにくいものでなければ、頼めば和美さんの裁量で買ってきてもらえることもある。

だが、その日の午後、ホテルには人の姿はなかった。

和美さん以外のスタッフも見かけないし、宿泊客らしい人間もいない。急に不安になる。

杉下のことばを鵜呑みにしてやってきてはみたものの、ホテルのオーナーが替わって、前のように快適な場所ではなくなっている可能性もある。

だが、建物や設備は古いものの、きちんと隅々まで掃除が行き渡っているのがわかる。さっき、荷物を置きに上がった部屋も清潔だった。人がいれば、その表情でだいたいの雰囲気はわかる。おそるおそる尋ねてみた。

「だれもいないんですね」

「午後はね。どこかに観光に行っているか、部屋で昼寝してるんじゃない？ 夜になれば会えると思うわ」

車は宿泊客が使ってもいいものが二台ある。使いたいと思った日に予約を入れて、空いていれば使える。ただし、旅行保険に加入している人のみ。

「それと、サドルロードは絶対に走らないこと。これだけが決まりね」

「サドルロード？」

「ヒロからサウスコハラに出る200号線のこと。道が悪いから、事故が多いの」

和美さんは空《くう》に指でハワイ島の形を描いた。

「ほとんどの道は海岸線沿いを通るんだけど、サドルロードはまっすぐにハワイ島を横切るの。便利と言えば便利なんだけど……住んでいる人以外には危なすぎるわ」

「わかりました」

ペーパードライバーで運転には自信がない。今日きた、空港からホテルまでの単純で、信号すらほとんどないような道ならば、運転できるかもしれないが、好きこのんで危ない道を通る趣味はない。

桑島さんが、キッチンの窓から写真を撮っているのが見えた。

さっき、ぼくもその窓から外を見た。ちょうど目の前に海が広がっていて、気持ちのいい景色だった。

ふいに、和美さんが声を潜めて言った。

「木崎くん、彼女いるの？」

「え……？」

唐突な質問に、ぼくは戸惑った。

普通、女性からそんな質問をされれば、相手がぼくに好意を持っているのかとうぬぼれてしまうだろう。

だが、和美さんはずいぶん年上で、しかも既婚者だ。単なる好奇心だろう。

「彼女がいたら、三ヶ月もこの島に滞在しませんよ」

「そうとは限らないわよ。つきあっていても、ドライなカップルはいくらでもいるでしょ」

和美さんは、まだシャッターを切っている桑島さんの方をちらりと見た。

「あの子だって、日本に彼氏がいると見たわね」

「そうですか？　彼女も三ヶ月いるんでしょう」

ぼくならば、自分の彼女が三ヶ月も自分から離れてしまうなんて考えられない。仕事や留学など、大きな目的があるのなら仕方がないが、もしそんな目的があるのならこんなへんぴなホテルに泊まることはないだろう。

和美さんは唇に指を当てて言った。

「根拠はないけど、おばさんの勘よ」

どちらかというと、傷心旅行の方が可能性は高いのではないか。そう思ったが、それ以上言うのはやめた。

女性心理を察することがうまいとは、自分でもまったく思えない。おばさんの勘にかなうはずはないのだ。


ホテルの宿泊客と会えたのは、夕食の時間になってからだった。

夕食は七時からだと聞いていたので、ぎりぎりの時間になって下に降りていくと、すでに桑島さんも含めて、三人がテーブルに着いていた。

三人とも缶ビールを開けて、トルティーヤチップスをつまんでいる。

坊主頭の、精悍に日焼けした男が、ぼくに気づいて手を挙げた。

「やあ、きみも今日から?」

年齢は三十代くらいだろうか。サーフィンでもやっていそうな雰囲気だ。もうひとりの男はもう少し上、アロハシャツなど着てはいるが、こちらはスーツ姿が容易に想像できる。平均よりは少しいい男、といった感じの、癖のない容姿をしていた。そのふたりに挟まれて、桑島さんが機嫌良くビールを飲んでいる。

「木崎です。よろしく」

挨拶をして、向かいの席に座る。

坊主頭の男性が、佐奇森真《さきもりまこと》、もうひとりが蒲生祐司《がもうゆうじ》と名乗った。

佐奇森たちは、すぐにぼくに興味を失ってしまったかのように、桑島さんとの話に熱中しはじめた。

「でさ、結局、ナナちゃんはどうしてこんなところにきたの? 傷心旅行?」

佐奇森がそう話しかけているのを聞いて、ぼくは心の中で苦笑いをした。

出会ってそんなに経っていないのに、ナナちゃんと呼べて、そして不躾な質問ができる。そんな男に生まれたかった。

こういうデリカシーのなさは欠点でもあるけれど、人と人との垣根を取り払うのには絶大な効果をもたらす。事実、桑島さんは、さきほどぼくと話していたときよりも、ずっと楽しそうにしている。

「違いますよう。そんなんじゃないです」

「じゃあ、なに?」

「ハワイが好きなんです。これまでも何度かきてるんですけど、できるだけ長く滞在したかったから……」

「仕事は?」

佐奇森は次々とプライベートに切り込む。蒲生はそこまでずうずうしくなれないのか、ただ横でにこにこしているだけだ。

「やめました。でないと三ヶ月なんていられませんよ」

そう言ったあと、桑島さんは少しいたずらっぽい顔になった。

「実は、来年結婚するんです」

「あいたたたた」

佐奇森は大げさに、頭を抱えた。

「なんだ、マジで? せっかく口説こうと思ったのに」

「うふふ、ごめんなさい。でもうれしいです」

ぼくは感心しながら、ふたりの会話を聞いていた。

桑島さんは相当、男あしらいがうまい。踏み込ませないのに、それでも相手に不快感は抱かせない。たぶん頭がいいのだ。

それにしても、和美さんの勘が正しかったというわけだ。

「遠距離恋愛だったんで、どうしてもわたしが仕事をやめなきゃいけなかったんです。だから、どうせやめるんだったら結婚前に好きなことをやりたいなと思って、大好きなハワイにできるだけ長く滞在することにしたんです。ここを拠点に、マウイやカウアイにも行きたいと思ってます」

そうこうしているうちに、和美さんが大皿を持ってやってきた。ズッキーニと鶏肉の炒め物のようだ。次に芹《せり》のスープ、それから茶碗に入った白いごはんが出てきて驚く。和食ではないし、中華でもない。シンプルすぎる食卓だが、友達の家の夕食にもぐり込んだような懐かしさがあった。

もともと、腹がふくれればなんでもいいほうだ。

豪華とは言えなくても毎日食事を出してもらえるだけでありがたい。

男たちが自分の分を取り分けて、がっつきはじめる。芹のスープを一口飲むと、舌の上にうまみが広がる。

味付けは塩だけなのに、芹の鮮烈な香りのせいか、複雑な大人の味になっている。押しつけがましさもない。

疲れた身体を解きほぐすようなスープだった。

炒め物の方も、少し酸味のあるさわやかな味付けで、食が進む。

料理上手というには、あまりにも手のかからない料理だし、品数も少ない。だがそれでも和美さんの作る料理はうまかった。

これなら、食事に飽きることもないだろう。もっと豪華なものが食べたければ、外に食べに行けばいいのだ。

麦茶の入ったジャグを持ってきた和美さんに言う。

「おいしいです。和美さん、料理うまいんですね」

「適当、適当。そのうち飽きるわよ」

「いやいや、和美さんの料理はシンプルすぎて、飽きようがない」

佐奇森が茶々を入れる。そう言いながら彼も、自分の取り皿に炒め物を山盛りにしている。

「食事の提供はおまけなんだからね。うちはレストランじゃないんだから」

和美さんは冗談のように怒ったふりをしてみせる。

「本当です。おいしいです。こういうのさらっと作れる人、尊敬します。わたし、どうしても料理本通りにしか作れなくて」

そう言う桑島さんの肩を、和美さんは軽く叩いた。

「それは若いから。年を取ると、いやでも手抜きの方法は覚えていくって」

「そうなんですか?」

「ほんと、ほんと」

ぼくは、箸を止めてあたりを見回した。

やはり和美さん以外のスタッフの姿は見えない。まさか彼女がひとりで切り盛りしているということはないだろう。

それとも全部で六人の宿ならば、ひとりでも充分なのだろうか。

思い切って聞いてみた。

「ほかにスタッフの方は？」

「あとはうちの宿六。もうすぐ帰ってくるわ」

「つまり、オーナーは和美さんのご主人ですか？」

「ま、そういうこと。といっても、ヒロにもお店をはじめたからここだけじゃないけどね。宿六は建物の修繕とか、そっちが中心」

桑島さんが麦茶を、全員のグラスに注いでくれた。

「大変ですね。ほとんどひとりでやっていることになるじゃないですか」

「だから、少人数しか泊められないの。まあ普通のホテルと違って、シーツの洗濯も五日ごとだし、掃除も毎日するわけじゃないからね」

そう言えば、さきほど、掃除はしてほしいときだけドアに札をかけるようにと言われた。それ以外の場合は、部屋に入らない、と。

窓から、車のライトが差し込む。車が敷地内に入ってきたようだ。

空いた皿を片付けていた和美さんがつぶやいた。

「あ、帰ってきたみたい」

ドアが開いて、サングラスをかけた男性が入ってきた。背が高く、年齢は和美さんより少し上に見える。

挨拶すらせず、ぼくたちが座るテーブルの横を通り過ぎていく。少し怖いような気がした。

和美さんは彼を見送ってから言った。

「ごめんね、感じ悪くて」

今まで黙っていた蒲生が口を開いた。

「いや、洋介さんは別に感じ悪くないですよ。ちょっと人見知りなだけで、慣れると意外によく喋ってくれる」

「だって、技術職ならいいけど、客商売であれだもの。ちょっとひどいわよね」

隣の部屋のドアが閉まる音が聞こえた。

「その分、和美さんがカバーしてるんですよね」

桑島さんのことばに、和美さんは頷いた。

「まあね。でも気にしないでね。本当に人見知りなだけで、全然悪気はないのよ」

ぼくは蒲生の方を向いた。

「蒲生さんはここ、もう長いんですか?」

彼は顔のパーツを中心に集めるように笑った。

「長いったって、まあ二ヶ月半だからね。でもあと二週間で追い出されちゃうよ」

和美さんに向かって甘えるような声を出す。

「そろそろ働かなきゃならない頃でしょ。覚悟しておきなさい」

和美さんは笑いながらそう言った。皿を持ってキッチンに消える。

なんとなく気づいた。たぶんここでは、和美さんがみんなの母親のような役割を果たしているのだ。

年齢ではなく、彼女の性格の問題だろう。心地いいのも頷ける。

ふいに思った。

長すぎる夏休みは心を蝕む。そう言ったのは、洋介という和美の夫か、それとも和美か。

彼らは長すぎる休暇に、心が朽ち果てたことがあるのだろうか。

食事が終わったあと、ベッドに倒れ込んでしばらく眠った。

目が覚めたときにはすでに真夜中だった。

無理もない。日付変更線を越えて、ここまでやってきた。飛行機の中で少しは眠ったが、そのあとは起きっぱなしだ。指先まで疲れ切っている。

ただ、心地よい疲れなのは事実だ。

仕事をやめてからは、立っていられないほど疲れたことなどなかった。身体が疲れなくなった代わりに、心にぬるぬるとしたものがまとわりついて蓄積していく。

不思議なことに、身体が疲れた分、その心の澱が流されたような気がするのだ。きてよかった。少なくとも今はそう思っている。

だれもぼくの過去になど関心を持とうとしなかった。どうして教師を辞めたのかと聞かれたら、どう答えようかとばかり考えていたのに、ここにくるまでになにをしていたかも聞かれなかった。

桑島さんがいたから、ぼくに好奇心を向ける暇がなかったという可能性もあるが、それでもいい。

今はできるだけ、どうでもいい存在でありたかった。

ふと気づく。今日、夕食時に会ったのは、佐奇森と蒲生。だが、和美さんは車の中で、男性が三人泊まっていると言わなかっただろうか。

いや、夕食を食べなくてもおかしくはない。外で食べてきたかもしれないし、時間をずらして自炊しているかもしれない。

宿とはいえ、ここはユースホステルではないし、交流を望まない人間もいるだろう。もちろん、ただ出かけていただけかもしれない。

窓を開けると、心地よい風が吹き込んでくる。

部屋に冷房がないことを、最初は不安に思ったがこうやって夜になってみるとよくわかる。冷房など必要はないのだ。

夜半過ぎの風は、むしろ肌寒いほどだ。日本の夏は、夜になっても熱気が残っているが、この島の暑さは、日のあるうちだけだ。

日が沈むと同時に、地面も空気も冷える。

それにしても静かだ。信じられないほど静かだ。

椰子《やし》の木を揺らす風の音以外、なにも聞こえない。外は闇に塗り込められているが、音もまたどこかに封じ込められてしまったようだ。

ふいに、水音が響いた。

決して大きい音ではないのに、この静けさの中でははっきりと聞こえる。

水音は続いている。水を打つような音だった。まるで泳いでいるような。

そういえば、ホテルの横に小さいながらもプールがあったことを思い出す。

だれかがこんな時間にプールで泳いでいる。不思議だが、音からはそうとしか思えない。

いつの間にかすっかり目が冴えてしまっていた。ベッドから起き上がり、おそるおそるドアを開けた。

ドアの外に出て驚いた。夜なのに明るい。

いや、もちろん街灯で照らされた東京の夜よりは暗い。だが、なにひとつ灯りがないにしては明るすぎる。

空を見上げて気づく。月だ。月がすぐ近くにある。

満月だった。手を伸ばせば届きそうなほど空が近い。

ぼくは息をのんで、空を眺めていた。

ハワイ島は星が美しいとは聞いていた。各国の天文台もマウナケアという山にあり、島全体が星の観測のため、街灯を控えめにしているらしい。

だが、思ったほど星は見えない。月のせいだ。

月が大きすぎて、星がかき消されているのだ。

ぼんやりと見とれていると、下から声がした。

「新入りか？」

見下ろせば、プールで立ち泳ぎをしながら男がこちらを見ていた。

はっきりと姿は見えないが、声の響きからは若い。たぶん、ぼくと同じくらいだ。

名乗ろうかと思ったが、こんなお互い顔の見えない状況で名乗っても仕方がない気がする。

とりあえず、「そうです」と答えた。

彼はまた泳ぎはじめた。戸惑いながら、それを見下ろす。

プールの端までたどり着くと、プールサイドに上がり、身体を拭く。痩せたシルエットが月明かりのせいで、長く伸びる。

黙って見下ろしているのも妙な気がして、尋ねた。

「寒くないんですか?」

返ってきた返事はシンプルだった。

「寒い!」

身体をぬぐい終わると、パーカーのようなものを羽織って、階段を上がってくる。

やっと顔が見える。想像したとおり、ぼくと同い年くらいの男だった。長めの髪を後ろでまとめている。

ぼくは笑った。

「寒いのに泳ぐのか?」

「日焼けするのがいやなんだよ」

「美白?」

からかうように言うと、大げさに顔をしかめた。

「日に焼けると、体中が痛くなる。真っ赤になって因幡《いなば》の白ウサギみたいになる」

そう言われてはじめて気づいた。近くで見た彼の皮膚は、病的なくらい真っ白だった。

身体には適度な筋肉がついているが、ここまで色が白いと確かに日焼けはきついだろう。

彼は、廊下の手すりに身体を預けてこちらを見た。

「これから三ヶ月いるのか？」

「ああ、そのつもりにしている。きみは？」

彼は顎のあたりに手を当てて、息を吐くように笑った。

「俺は……あと一ヶ月ってとこだな……」

なぜか彼の口調に、嘲笑のようなものが潜んでいる気がした。

彼はパーカーの前を合わせて身震いをした。唇が白い。

「やっべえ、こんなところにいたら風邪引く」

彼は自分の部屋のドアに手をかけて、鍵を開けた。ぼくの隣の隣の部屋だった。

部屋に入る前に、彼はこちらを見て笑った。

「楽しみにしてろよ。きっとおもしろいものが見られる」

「え？」

聞き返す間もなく、ドアは閉まった。名前を聞き忘れたことに気づいたのは、そのあとだった。

第二章

眠れないことなど日常茶飯事で、なにも珍しいことではない。仕事をやめてからこっち、ぐっすり眠れる夜の方が珍しいと言ってもいいくらいだ。

昼間の予定がなければ、眠れないからといってだらだらと朝まで起きていて、その後、午後まで眠る。またその日の夜は眠れない。

昨日だって、フライトの疲れで妙な時間に熟睡してしまった。夜中の二時や三時に目が冴えてしまうことは、決して不自然なことではない。

だが、こんな感覚ははじめてだ。

普段、夜中のぼくの思考は、眠りと夢のほんの間際を、溶けかけた薄氷をぐずぐずと踏んでいくような危うさで、進んでいく。

馬鹿馬鹿しいことしか考えられず、そして忘れたいことばかりを思い出す。

今ぼくの頭は、信じられないほどクリアに澄んでいて、どんな難題にもスマートな解答が出せそうだった。

時差ぼけと、充分に眠ったせいだろうか。

ぼくは自分の携帯電話を取りだした。

たしか海外でも使えるという触れ込みだったはずだが、開いてみれば一本もアンテナは立っていない。完全に圏外だ。

海外で携帯を使うためには、特別な手続きが必要だったのか、それとも単にここが田舎過ぎて、電波が届かないのか。

杉下に、到着した、というメールくらいは送りたいと思ったが、パソコンを接続してからにしようとあきらめる。

携帯電話をベッドサイドのテーブルに投げ出しながら、また横になる。

いくら、少し田舎だからと言っても、ここは日本人がもっともよく訪れるリゾートで、アフリカの奥地などではない。

携帯電話の電波は届かないのかもしれないが、ヒロ空港までは一時間もかからないし、そこから飛行機でホノルルまでは五十分。待ち時間も含めて三時間もあれば、都会に到着する。

日本国内にだって、都会に出るのに三時間かかるところはいくらでもあるだろう。

日本から出たことで、少し冒険をした気分にはなったが、結局まだぬるま湯の中にいることに変わりはないのだ。

そう言い聞かせてみても、この寄る辺のなさはなんなのだろう。

決して不快ではない。孤独はいつも、ひどく優しい。特にぼくのように、自分に嫌気が差した人間には。

この心地よい孤独感を味わうために、杉下はいつも旅に出るのだろうか。

冴えた頭で、この半年に起きた出来事を思い返してみようかと考えてみたが、やはりやめた。

首でも吊りたくなったら、元も子もない。

まだ暗い中、鳥の鳴き声が聞こえる。

少しうとうとしていたらしい。時計を見ると六時半になっていた。夕食を終えてすぐ、ベッドにもぐり込んだことを思うと、たとえ細切れでしか眠れなくても、睡眠は足りている。

起き上がって、ベランダの窓を開けた。

予想外に冷たい空気が吹き込んできて、肩をすくめる。半袖でいると、風邪を引いてしまいそうな気温だ。常夏の島だと勝手に思い込んでいたから、半袖やノースリーブしか持ってきていない。二、三日中にどこかで薄手のパーカーかブルゾンでも調達しなければならない。

それでも朝の空気は澄んでいて、鼻腔の奥が喜んでいるのがわかる。

ベランダに出て、大きく深呼吸をした。東から太陽が昇りはじめていて、空が紫のグラデーションになっている。

その美しさを写真に収めたいと思って、カメラを日本に置いてきたことを思い出す。

残念な気持ちと同時に、爽快感もあった。

日本では見られない夜明けなのに、それを自分の手で残しておくことができない。それは不自由だが、一方で自然なことだ。

カメラではなく、心に刻み込むからいい、なんて言うつもりはない。ぼくの脳の容量など、最新のデジタルカメラのメモリには遠く及ばない。

この美しい空のことだって、数日すれば忘れてしまうだろう。それでもかまわない。

ふいに、ベランダの手すりに赤い小鳥が飛んできて止まった。

小鳥は首をかしげて、ぼくを見ている。

驚いた。ほかのベランダには当然のごとくだれもいない。カーテンも閉まっている。この小鳥は、あきらかにぼくがいるから、このベランダにやってきたのだ。

続いて、今度は茶色の雀に似た鳥がやってくる。可愛らしい声でさえずりながら、ベランダに下りた。

日本の公園で、小鳥が自分のまわりにやってくるなんてことがあっただろうか。もともと、動物が好きだというわけでもないし、よく懐かれるということもない。もし日本でそんなことがあれば、自分はいつの間にか死んでいて、ここは天国なのかと思ってしまうかもしれない。

小鳥はベランダを、小さく跳ねるように動き回っている。

きっと、なにかもらえないかと思っているのだろう。パンくずでもやりたい気持ちはあったが、残念ながら今はなにも持ってない。

それにしたって、野生の小鳥がここまで警戒心を持っていないことが不思議だ。日本といったいなにが違うのだろう。

なにももらえないことに気づいたのだろう。先に茶色の小鳥が飛び立ち、続いて赤い小鳥も飛んで行ってしまった。少し寂しい思いでそれを見送る。

さすがに寒さが応えてきた。腕には鳥肌が立っている。

昨夜はなにもせずにベッドに入ってしまったから、荷物の整理をするつもりだった。といっても、大したものは持ってきていない。洗濯機はあると聞いていたから、Tシャツと下着を四、五枚ずつ、ジーパンは洗い替え用に穿いてきたのとは別に一本だけ持ってきた。

足下は革のサンダルが一足と、ビーチサンダルのみ。まあ、高級ホテルのレストランで食事をすることもないだろう。

あとは、読むつもりの本が五冊のみだ。活字には飢えるだろうが、かといって十冊も二十冊も日本から持ってくるわけにはいかない。

服をクローゼットにしまい、本を机の上に積み重ねる。パラシュート素材のバッグは中身がなくなると、ぺしゃんとへこんでしまった。

今度はリュックを開けて、ノートパソコンを取り出す。コンセントは日本と同じ形だから、そのまま使えるはずだ。

有線ならばインターネットを使えると聞いていたが、どこにモデムがあるのかわからない。あとで、和美さんに聞くことにして充電だけする。

荷物の片付けもあっという間に終わってしまった。

いつの間にか、霧のような細かい雨が降り始めていた。いっそう肌寒くなる。

——これは上着の入手が最初の課題だな。

もちろん、ほかにやるべきことなどなにもない。

今日、車を借りるか、和美さんの夫の洋介さんにヒロに連れて行ってもらうか。ヒロまで出れば、パーカーか薄手のブルゾンくらいは入手できるだろう。特におしゃれなものである必要はない。

バスルームには小さな石けんがひとつ置いてあるだけだから、シャンプーやリンスも買わなければならない。歯ブラシセットは持ってきたが、旅行用だから歯磨きのチューブは小さい。三ヶ月は持ちそうにないから、これも買っておいたほうがよさそうだ。

ぼくはメモに、買う必要のあるものを書き付けた。簡単な荷物できてしまったから、これからも増えるだろう。

のどの渇きを覚えて、立ち上がった。

一階の共同のダイニングに、コーヒーメーカーや電気ポットがあった。もう七時を過ぎているし、起きても非常識ではないだろう。

身震いしながら外に出て階段を下り、ダイニングに通じるドアを開けた。鍵はかかっていなかった。

まだ薄暗いので、電気をつけてコーヒーメーカーを確かめる。

幸い、コーヒーメーカーはシンプルな構造で、動かすのに悩む必要はないように見えた。隣にあるキャニスターを開けると、コーヒーの粉も入っていた。

熱いコーヒーを淹れて飲んでいると、奥に通じるドアがかちゃかちゃと音を立てた。ドアが開いて、昨日以上にぼさぼさの髪をした和美さんが顔を出す。

「早いのね」

「時差ぼけです」

タンクトップの上にネルの男物っぽいシャツを羽織った格好で、彼女はキッチンに立った。

「パンと卵、食べるでしょ?」

「いただいていいんですか?」

朝食は込みだと聞いていたが、まだ、だれも起きてはいない。

「いいわよ。どうせ、洋介とわたしの分作るし」

「じゃあ、お願いします」

彼女は、棚からふわふわした丸いパンを取り出し、それを半分に切ってオーブントースターに入れた。

それからベーコンを鉄のフライパンに入れ、じゅうじゅうと脂が出てきたところに卵を流し込んだ。ざざっと、それをフォークでまとめて、スクランブルエッグとオムレツの中間のようなものを作る。

「あの……あとでいいんで、モデム貸してもらえませんか?」

そう言うと、和美さんは困ったような顔をした。

「ごめんなさい。先週、回線を強化する工事をしたら、不具合があってインターネットに繋がらなくなっちゃったの。なるべく早く直してもらうように頼んでいるんだけど」

「ああ、じゃあいいです」

日本のように何事もスムーズに進むわけではないということは、海外経験の少ないぼくにも想像がつく。どうしてもメールを送らなければならない相手などいないし、街まで行けばフリーのＷｉ－Ｆｉスポットも見つかるだろう。

彼女は喋りながら卵料理を皿に移した。

ホテルのオムレツのように、注意深く半熟に、などと考えてはいないのがわかる。だが、こんがりと焦げたベーコンと柔らかそうな黄色の卵がいかにもうまそうだ。

それを皿に盛りつけ、ぼくの目の前に置く。

「どうぞ、召し上がれ」

焼いたパンも別の皿に載せられて、バターと一緒に目の前に置かれた。

パンはうっすらと甘い。バゲットやパン・ド・カンパーニュなどといった硬派なヨーロッパ式のパンとはまったく正反対の、柔らかく白いパンだった。

子供の頃によくおやつで、こういうパンを食べた気がする。かみごたえがなく、舌の上で溶けるように消える。ひどく懐かしい味がした。

卵はベーコンのうまみが溶け込んでいる。半熟ではないが、焼き過ぎというほどでもなく柔らかさを保っていた。

ぞんざいで適当な料理だが美味い。昨日の夕食と同じだった。

和美さんは、同じフライパンでまたベーコンと卵を焼いている。ふたり分くらいの分量だ。

それを皿に盛りつけ、彼女は一度奥に消えた。洋介さんのところに持って行ったのだろう。

すぐに戻ってきて、今度はコーヒーを淹れる。

「昨夜《ゆうべ》はよく眠れた？」

「ええ、眠れました。早く目が覚めちゃったけど」

ぼくに出したのと同じパンを焼かずにちぎってかじりながら、彼女は立ったままコーヒーを飲んだ。

「案外寒いんですね。もっと暑いかと思った」

「それ、みんな言うわ」

和美さんはくすりと笑った。

「世界には十三の気候区があるって知ってる？」

「ええと、熱帯、温帯、寒帯、乾燥帯くらいなら……」

それにプラスして、亜熱帯や亜寒帯があることも知っている。だが、これでまだ六つだ。

「ほかにも、砂漠気候とかツンドラ気候とかね。で、ハワイ島にはその十三のうち、十一までもあるの」

「え……？」

ぼくは驚いて、彼女を見上げた。

「寒帯や砂漠やツンドラも……？」

「そうよ。氷雪気候と、サバナ気候という雨が少ない分類になる気候がないだけ」

和美さんは、自分のことのように誇らしげに言った。

「こんな小さな島なのに、なんでもあるのよ」

ビッグアイランドと呼ばれていても、四国よりもずっと小さいのだ。世界を基準にすると決して大きいとは言えないだろう。だが、そこに世界中の気候が集まっている。

たしかに訪れてから、想像を裏切られてばかりだが、思った以上にこの島はいろんな顔を抱えているらしかった。

奥のドアが開いて、サングラスをかけた洋介さんが出てきた。空になった皿と、コップを和美さんに無言のまま渡す。もう出かけるのだろうか。ぼくはあわてて言った。

「あの……ヒロの町で買い物をしたいんですけど、連れて行っていただけませんか」

洋介さんはサングラス越しにぼくを見た。だが、口を開く前に和美さんが言った。

「今日はわたしも買い出しに出るから、一緒に連れて行ってあげるわ。洋介は今日、はやく出なきゃいけないし、店が開くまで時間がかかるでしょ」

今はまだ八時前だ。スーパーマーケットが開くのは、九時か十時になってからだろう。

「じゃあ、行くから」

洋介さんは低い声でそう言うとドアから出て行った。

たしかに恐るべき愛想の悪さだ。結局ぼくに対しては一言も口をきかなかった。ヒロまでは二十分ほどとはいえ、彼とふたりきりなら、和美さんとふたりのほうがずっと気楽だ。

和美さんは時計に目をやった。

「十一時くらいに出ましょうか。それでいい？」

「かまいませんよ。今日は一日暇ですから」

今日どころか、この先三ヶ月は暇になる予定だ。もちろん、島の観光はするつもりだし、ワイキキあたりにも足を伸ばしてみることはあるだろう。

だがそれにしたって、時間は膨大なほど目の前に積み上げられている。

やはり細切れ睡眠だったせいか、食事を終えるとまぶたが重くなってきた。ぼくは椅子から立ち上がった。

「それじゃ、また十一時頃下りてきます」

十一時少し前に一階に下りると、桑島さんがそこにいた。

「木崎さん、買い物に行くんでしょ。わたしも行きます」

「あ、そうなんだ」

きれいな女の子が一緒であることがうれしいような、一方で少しうざったいような複雑な感情が生まれる。こういうとき、素直に喜べるような人間ならよかったのに、と思う。

すぐに奥から和美さんが出てくる。

マスタード色のタンクトップとカーキのショートパンツ、足下はビーチサンダルだ。

桑島さんは、下半身こそジーパンだが上は長袖のブラウスを着て、つばの大きな帽子をかぶっている。日焼けしたくないのだ、ということがそれだけでわかる。

たしかに桑島さんの肌は、抜けるように白く、しみひとつない。それを守りたい気持ちは男のぼくでもよくわかった。

和美さんは昔から、そんなことに気を遣わなかったのか、それとも最初は桑島さんのようにガードしていても、そのうちどうでもよくなってしまうのか。

昨夜、プールで泳いでいた男のことを思い出す。

彼も昼間は長袖シャツや帽子で、しっかりと皮膚を守っているのだろうか。ぼくは日焼け止めすら塗っていない。

「お待たせ、行きましょ」

彼女はそう言って、外に出た。鍵はかけないままだ。

昨日のミニバンに乗り込む。ぼくは迷って、いちばん後部の座席に座った。桑島さんはぼくの前の列に座る。

「買い物はヒロですか？」

桑島さんの質問に、和美さんは車を動かしながら答える。

「そう。ヒロに大きいスーパーマーケットがあるの。ま、大きいたって、たかがしれているけどね」

さすがにこの時間になると、日差しが強い。空も晴れ、ぼくが想像していたハワイに近くなっている。

桑島さんは窓の外を眺めながら、楽しそうに言った。

「シャンプーや洗顔料買わなきゃ。あとビーチサンダルも」

「洗顔料なんか日本から持ってこなかったの？」

窓を開けて風を入れながら、和美さんが尋ねる。

「わたし、肌、丈夫だし、あんまり気にしないんです。それに旅先で買うのも楽しみのうちだから」

「ああ、それはわかるわ。わたしも日本に帰ったら、いろいろ買っちゃう」

「旅慣れてるみたいだね、旅行好きなの？」

思い切って、そう桑島さんに話しかけると、彼女はくすぐったそうに肩をすくめた。

「そうでもないです。ハワイが好きなだけで、ヨーロッパや他の国は行ったことないですし。木崎さんこそ、あちこち行ってるんじゃないですか？　そんな感じ」

金髪にしているせいで、社会からはみ出たアウトローのように見えるのだろうか。ぼくは苦笑いした。

「いや、ぼくは今回がはじめて」

「ええっ」

桑島さんは大げさに驚いた。

「そんなふうに見えなかった。なんか落ち着いているし……」

運転席の和美さんも、少しだけ振り返って言う。

「はじめての海外旅行で、うちにくる人も珍しいわあ」

「ですよね」

たしかにはじめての海外旅行だったら、それこそワイキキの大きなホテルに泊まる方が普通かもしれない。だが、そんな旅行ならわざわざ行かなくてもいい。ぼくは退屈と孤独の中にどっぷりと浸りにきたのだ。

自分の話をされるのが嫌で、話題を変えた。

「そういえば、昨夜遅く、もうひとりの男の人に会いましたよ。ぼくと同い年くらいの」

後ろからでも和美さんが笑うのがわかった。

「あら、早かったわね。青柳《あおやぎ》くんでしょ」

「名前は聞きませんでしたけど、色の白い……」

「そう、青柳くん」

桑島さんが言う。

「わたしまだ会ってないです。どんな人ですか？」

どんな人と答えられるほど、深く話し込んだわけではない。和美さんが答えた。

「変わり者なの。昼はほとんど寝てて、夜にバイクであちこち行ってるみたい」

「バイクって、自分のですか？」

「そう。中古で買ったみたい。帰るときは売っていくそうよ。売れなかったら、うちに置いていくって言ってたわ」

「夜にしか活動しないって、まるでドラキュラかなにかみたい」

おもしろそうに桑島さんが笑った。

「外見もちょっとそんな感じよ、ねえ」

和美さんに言われて、ぼくも頷いた。

たしかに、あの並外れて色の白い容貌は、人ならぬものを連想させる。いきなり暗闇で出会うと驚くだろう。

「本当？　会ってみたい！」

「そのうち会えるわよ」

ヒロの町に入ってすぐ、スーパーマーケットらしき建物が現れた。「さほど大きくはない」と和美さんは言ったが、日本人の感覚で言うとかなり大きい。駐車場も果てしなく感じるほど広かった。

和美さんは車を停めて言った。

「買い物はどのくらいかかる？　三十分くらい？」

「そうですね……もうちょっとほしいかな」

そう言った桑島さんに驚く。ぼくは三十分でも長いくらいだ。

「じゃあ一時間にしましょう。コーヒーショップがあるから、そこでコーヒー飲んでるわ」

入り口で別々に分かれる。食品や日用雑貨だけではなく、大工道具やサーフボードまでも置いてある。ここにくればたいていのものは揃うだろう。

やはり、ここはアメリカだ、と思う。日本でも大きなショッピングセンターは増えたが、中は小さい店に分かれている。

ここはまるで体育館の中に売り物が並べられているようだ。

シャンプーやリンス、そして念のために日焼け止めなどを適当に選んで買い物かごに入れ、それから衣類のコーナーに向かう。

デザインは野暮ったいが値段も安いし仕方がない。パーカーを一枚と、長袖のTシャツを二枚買い足すことにした。見れば、ブルゾンだけではなく、スキーウェアのような防寒具まである。

それで買い物は終わりだ。コーヒーショップに行けば和美さんがいるかもしれないが、なんとなく、そんな気にはなれなかった。

ぶらぶらと歩いていると、コーヒー牛乳にそっくりな瓶入りコーヒーを見つけたから、それもかごに入れる。

レジで精算するとき、少し緊張したがなんのことはない。さすがに数字程度の英語はわかるし、それ以外に会話の必要はなかった。

ぼくは外に出ると、広い駐車場を眺めながら、瓶入りコーヒーを飲んだ。

コーヒーは砂糖を壺ごとぶちまけたように甘かった。

買い物が終わった後、ヒロの町で昼食を取ることにした。

和美さんが連れて行ってくれた店は、海沿いにあるカフェのような店だった。昼食の時間だが、あまり人はいない。テラスに面した席に、三人で座った。

なにを買ったのか、桑島さんは巨大な買い物袋をふたつも抱えていた。

桑島さんはパンケーキを頼み、ぼくと和美さんはクラブハウスサンドイッチを頼んだ。

マグカップになみなみとつがれたコーヒーは、深い香りがしておいしかった。

てっぺんまで昇った太陽の日差しは炙《あぶ》られるように強かったが、それでも日陰に入れば途端に過ごしやすくなる。日本の夏の暑さとはまるで違う。

湿気がないわけではない。むしろ、想像していたより、空気は湿っている。

だが、むっと蒸し暑いということはなく、皮膚で感じる気温はそれほど高くはない。

運ばれてきたサンドイッチは、少し躊躇してしまうほど大きかった。しかもそれに、たっぷりのフライドポテトが添えられている。とても食べ切れそうにない。

桑島さんのパンケーキも、皿いっぱいの大きさのものが三枚も重ねられていて、マグカップのような容器に入ったメープルシロップが添えられていた。

慣れているのか、桑島さんは驚くことなく、パンケーキにたっぷりシロップをかけていた。

思わず言った。

「こっちの人が、日本にきて、ホットケーキを食べたら驚くだろうな」

桑島さんがくすりと笑った。

「大きさはまだしも、あの親指の先みたいな容器に入ったシロップにはびっくりしそうね」

あの小さなステンレスの容器がひとり分なら、今桑島さんの目の前にあるシロップはゆうに二十人前はありそうだ。

アメリカだからスケールが大きいのか、それとも日本がみみっちすぎるのか。そんなことを考えていると、ふいに桑島さんが尋ねた。

「木崎くんって、日本ではなにしてるの？」

いきなりで身構えていなかった。強ばりそうな顔で、無理に笑顔を作った。

「いや、なにもしてない。ぶらぶらしてる」

「ふうん」

桑島さんの目に、失望のような色が浮かんだ気がした。だから、思わず言った。

「この前まで、小学校の教師をやってたんだ。それをやめて、次になにをしようか迷ってたところ」

「学校の先生だったんですか？　意外！」

そう言う桑島さんの顔を見ながら、ぼくは強い自己嫌悪に襲われていた。

知られたくはないと思っていたのに、なぜ自分から言ってしまったのだろう。

和美さんが手についたマヨネーズをナプキンで拭きながら言う。

「本当、なんかデザイナーとか、美容師とかそういう仕事かと思ってた。おしゃれだから」

「全然おしゃれじゃないです。服も適当だし」

ただ、髪を金色に染めているだけだ。

「わたしもー」

桑島さんが無邪気な声を上げた。

「でも、物知りだし、先生って言われればちょっと納得できるかも……」

「いや、もう先生じゃないから……」

やめてくれ、そう思いながらも不快な顔をすることはできなかった。

隠したいと思っていたのに、言ってしまったのは間違いなく自分だ。桑島さんたちは、ぼくの前の職業まで聞き出すつもりはなかったはずだ。

適当に受け流していたら、それ以上は追及されなかっただろう。

だが「無職だ」と言ったときの彼女のかすかな失望が、ぼくの口をこじ開けた。

自分が仕事すらできないような人間だとは思われたくなかったのだ。

彼女はきれいで魅力的だが、だからといって特に惹かれているわけではない。結婚が決まっていて、彼女のために見栄を張る必要などなにもない。

それでも、ぼくは知ってしまっていた。教師だと自己紹介するたび、女の子たちの警戒心がゆるむということを。尊敬されるとまでは思わないが、少なくとも悪いことなどしない人間だと思ってもらえることを。

年上の人たちは、それだけでぼくをしっかりした若者だと決めつける。夜遅く自転車に乗っていて、職務質問されたときも、教師だと言うと簡単に解放された。

世の中には教師や警察官の悪事もあふれているのに、それでも人は相手を職業で判断することをやめない。

無職だと言ったとき、桑島さんの顔に浮かんだ表情は、それを証明していた。

馬鹿馬鹿しい基準だ。だが、そんな過去の肩書きを自分で口走ってしまうぼくが、いちばん愚かしい。

桑島さんは、京都で図書館司書をやっていたと話していた。

高校のときの同級生と、ずっとつきあってそのまま結婚を決めた。だが、婚約してすぐに、彼氏は東京に転勤になってしまった。

「司書の仕事は続けたいと思っていたんですけど、仕方ないですよね。彼に仕事をやめて京都に戻ってきてもらうことなんてできないし、わたしが東京に行くしかない。一度辞めちゃうと、狭き門なので再就職は難しいんですけど」

愚痴るように、桑島さんは和美さんに話していた。

再就職が難しいのは教師も同じだが、ぼくはもう教師に戻るつもりはない。

——じゃあ、なにをするつもりなんだ。なにができるんだ。

もう何度も繰り返して、擦り切れかけた問いかけが耳の中に響いた。

なにもできない。なにも。

塾の講師くらいならできるかもしれないが、できればもう子供と関わる仕事はしたくなかった。

ふいに頭にひとつの顔が甦ってくる。

さらさらとした冷たいような短い髪と、大きな瞳、いつも拗《す》ねたように閉じた唇。

その顔を必死で追い払う。忘れなければならない。

桑島さんは話し続けていた。

「本当のところ、わたしと彼の収入ってほとんど変わらないんです。もちろん、だからってわたしが、彼に『仕事をやめて』なんて言う権利なんてないことはわかってます。でも、わたしが仕事をやめることを、彼が当たり前みたいに思っていることが、なんだか納得できなくて……。おかしいですよね。これからの一生に関わることなのに、ふたりで検討してみることもせずに、当たり前みたいにわたしがやめることになるの」

どうやら、桑島さんのほうも「結婚前の自由で気ままな最後の旅行」というだけではなかったようだ。

「しかも、司書をやめさせたからといって、わたしを養ってくれるつもりはないみたいだし……、当たり前みたいに、『ひとりの収入でやっていくのは大変だから、早く仕事探してくれよ』なんて言うし……」

フライドポテトを口に運びながら和美さんが答える。

「でも、女はずっと家にいろって言われたら、それはそれで嫌でしょ」

「嫌です。というか、そんな人だったらはじめから結婚しない」

そうきっぱり言って、彼女はパンケーキを切り取った。パンケーキのかけらはシロップがしみこんでくたくたになっていた。

「彼は、男性も女性も対等だって言うんですけど、だったら、一方的にわたしが辞めることにして話を進めるのはおかしいと思うんです」

そう言ってから、ふうっとためいきをつく。

「ああ、でも、彼の方に辞めてほしいって思ってるわけじゃないんです。転勤になったのは彼のせいじゃないし、あとあとのことを考えてもわたしが辞める方がいいのはわかっている」

だったらいいじゃないか、と言いたくなったが、彼女の中ではその問題はまだ尾を引いているらしい。

彼女はコーヒーを一口飲むと、肩をすくめて笑った。

「ごめんなさい。なんか愚痴になっちゃって」

「いいわよ。気持ちはよくわかるし。わたしでももやもやするもの」

「アメリカだと、そんなこともないんでしょうね」

桑島さんがそう言うと、和美さんは手をばたばたと振った。

「なに言ってるの。都会はどうか知らないけど、アメリカなんて田舎はマッチョな価値観が行き渡ってるんだから。もちろんハワイだってそう」

「え、そうなんですか？　なんかちょっとがっかり」

鮮やかな黄色のパイナップルジュースを片手に、和美さんは頷いた。

「わたしたちはよそ者だから、あまりしがらみにとらわれることはないけど、若い子たちにとっては、そんなに生活しやすい土地でもないと思うわ」

「そうなんだ……いつかグリーンカード取って移住するのが夢だったのに」

桑島さんはそんなことを言った。

「もちろん、ここは素敵なところよ。気候はいいし、星はきれいだし、海だってすぐ近くにある。でも、ハワイはアメリカの中では貧しい州のひとつだから、選んでここにきたわけではない人には、苦しいこともあると思うわ」

ぼくはまだこの島を訪れて一日で、なにも見ていない。美しいところも、生きにくいところもまだ知らない。

和美さんはふっと笑った。

「わたしも好きだからここにいるの。日本に帰るつもりはないし、ここに骨を埋《うず》めるつもり」

「永住権取ってるんですよね」

「うん。うちの宿六がね。それで結婚したからわたしも自然に」

グリーンカードは、年々希望者が増え、取得が難しくなっていると聞く。

食事を終えて、ぼくたちはホテルに戻ることにした。車に戻る途中、桑島さんが囁くように言った。

「和美さんって素敵な女性よね」

「あ、ああ」

ぼくは頷いた。

確かに人柄は親しみやすく、頼りになりそうな人で、彼女がいることでホテルの雰囲気がよくなっていることはわかる。

だが、正直なところ、ひとりの女性として見ると、ほとんど魅力は感じない。ただの痩せたおばさんだ。

四十代くらいになれば、そんな感覚も変わるのだろうかと思ったが、今のところは見当もつかない。

ホテルに帰ると、一階のテーブルで佐奇森と蒲生がコーヒーを飲んでいた。

ぼくは、和美さんの荷物を半分手伝って持ちながら、キッチンへと向かった。佐奇森と桑島さんの会話が聞こえてくる。

「これからキラウエア火山を見に行かないか」

「いいですね。行きたい」

たしか世界自然遺産にも登録されている活火山で、火口付近まで近づいて見ることができるらしい。ガイドブックに載っていた。

昨日の長いフライトと時差のせいか、少し疲れを感じる。午後からは部屋でゆっくりしよう、そう考えたとき、佐奇森がこちらを向いた。

「木崎くんも行かないか？」

「え、ぼくですか？」

てっきり、桑島さんだけを誘ったのだと思っていた。

「そうだよ。ここから一時間くらいかな。見たことないんだろ？」

「ええ、ハワイ島ははじめてですから」

少し考える。ぼくはまだ車の運転に自信がない。

公共交通機関が少ないこの島では、だれかに車で連れて行ってもらうしか、観光地を回るチャンスはない。疲労感はあるが、明日休めばいいだろう。

「行きます。お邪魔じゃなかったら、連れて行ってください」

「よし、じゃあ出かけよう」

冷蔵庫に牛乳をしまいながら和美さんが言う。

「半袖じゃ寒いわよ。ちゃんと上着持って行った方がいいわ」

「じゃあ、ちょっと買ってきたもの置いてきます」

ぼくはそう言って、二階の自室に戻った。日本のものより薄く破れやすそうなスーパーの袋を机の上に置き、パーカーだけ取り出して、タグを切った。

それをリュックの中に入れて、足下をビーチサンダルから普通のサンダルに履き替える。

リュックを背負って階段を下りると、白い車の前で、佐奇森と蒲生が待っていた。桑島さんはまだらしい。

「女性は準備に時間がかかるから」

ぼくに気づくと、蒲生がそんなことを言って、片目を閉じた。

ホテルから、小さなクーラーボックスを持った和美さんが出てきた。

「ほら、冷えたミネラルウォーターとジュース入れておいてあげたから、持って行きなさい」

「お、ありがとうございます」

佐奇森が受け取って、後部座席に置く。すぐに桑島さんが下りてきた。女性にしては支度は早いほうだと言っていい。

蒲生が運転席に座り、当たり前のように佐奇森が助手席に乗り込む。

自然とぼくと桑島さんは後部座席に並んで乗ることになってしまった。彼女との距離は少し縮まったとはいえ、まだ戸惑いがある。不快に思われていないだろうか、などと考えてしまう。

桑島さんが上着を羽織りながら尋ねた。

「でも、今から行ったら、火口を見るのには少し早いんじゃないかしら」

ぼくが不思議そうな顔をしていたのだろう。彼女はすぐに解説してくれた。

「ほら、暗くならないと火口が溶岩で赤くなっているのはよくわからないの。明るいときに見ても、煙が出てるだけ」

ああ、と納得すると、佐奇森が笑う。

「煙が出てるのを見るだけだったら、別府温泉でも充分だよな」

「どうせだったら、チェーン・オブ・クレーターズ・ロードの方もドライブしようと思ってね。今、溶岩が海に流れ込んでいて、なかなか絶景らしい」

蒲生のことばに、桑島さんは目を輝かせた。

「ええっ、それ見たい！」

「だろ」

車は先ほど通ったヒロへの道をいく。ぼくはリュックの中に入っている地図を取り出した。

キラウエア火山への道は、ヒロより少し南で枝分かれしている。チェーン・オブ・クレーターズ・ロードというのは、キラウエア火山から南に向かって延びた道のことらしかった。

ドライブと言ってもけっこうな距離がありそうだ。

ヒロを過ぎて、しばらく行くとまた雨が降り始めた。しかも、ホテルやヒロの町に降っている霧雨のような薄い雨ではなく、もっと激しく窓を叩く。

道の両脇の木々も、変わっていく。熱帯雨林のような大きな木が生い茂り、見たことのない巨大な羊歯《しだ》があちこちに生えている。

今朝、和美さんから聞いたことを思い出した。

ハワイ島には、十一の気候区がある。熱帯や、砂漠やツンドラまでも。

だから、今ぼくが通っているのは、亜熱帯の地域なのだろう。ホテルを出て、まだ一時間も経っていないのに。

ボルケーノ国立公園の中に入り、しばらく山道を登った後、下り坂に入る。雨は断ち切られるように突然やんだ。

凶暴なほど生い茂っていた緑は少しずつ減っていき、代わりに細く、いびつな形の貧相な木が姿を見せ始める。

やがて見晴らしのいい場所に出たとき、ぼくは息をのんだ。

はるか先まで、溶岩の大地が続いていた。

てらてらと光って黒いのは、冷えた溶岩の特徴だ。ほかにはなにもない。申し訳程度に生えている茶色の草と、細いいびつな木以外は。

まるで、別の星か、それとも地球が終わってしまった後のように見える。

もし、目が覚めて、こんな大地に放り出されていたら間違いなく考えるだろう。世界は終わってしまったのだと。

生命力を感じさせるものはなにひとつない。生えている木も草も、まるで亡霊のようだ。

桑島さんがぽつりと言った。

「何度見ても……すごい風景よね……」

木や草で覆われているのが自然だと思っていた。だが、ここは地球の生肌《なまはだ》だ。ここを見てしまえば、砂漠でさえ優しい光景に見える。少なくとも砂はなにかを覆い隠している。

地球の内側にある溶岩がむき出しになり、そのまま地面に流れている。山頂近くにあった豊かな木も草も、ここでは生きられないのだろう。

蒲生がハンドルを握りながら言った。

「溶岩地帯で生息することができるのは、ほら、そこにあるオヒアという木だけだってさ」

彼が顎をしゃくったのは、さきほどから生えていたいびつな木の亡霊だった。

「そいつは、地面じゃなくて空気中から水分を取り込むことができるんだ。だから、溶岩の上でも生きられる」

そんな木があるなんて知らなかった。あまりにも想像からかけ離れている。

桑島さんがこちらを向いて言った。

「意外に、きれいな花が咲くんですよ」

「この木にかい？」

まったく想像ができない。貧相で小さく、申し訳なさそうなたたずまいで生えている。

「その木はさ、生きるのにたくさんの太陽を必要とするんだ。だから、密生することはない。ぽつぽつと離れて生えるしかない。つまり、草花のほとんどない溶岩地帯でしか生きられない」

水分の多い豊かな土地には、多くの木が生える。そうなると太陽は遮られ、このオヒアの木は生きられない。

その性質故に、孤独に生きるしかない。

そう思うと、胸が締め付けられるような気がした。

この世の終わりのような光景はいつまでも続いて、やがて向こうに海が見えた。しばらくすると、蒲生が車を停めた。

「ほら、ここから溶岩が海に注ぎ込むのが見える」

車から降りて、言われた光景を探す。はるか先の方に赤いものが海に流れ込んでいるのが見えた。

高熱の溶岩が水の中に流れ込んでいるから、湯気がもうもうと上がっている。近くに寄れば、じゅうじゅうという音までも聞こえそうだ。

「もっと近くに寄りたいな」

そうつぶやくと、蒲生が笑った。

「有毒ガスで死にたければな」

そう言われてはじめて、火山から出るガスが有毒であることを思い出す。キラウエアは火口まで寄れるというが、大丈夫だろうか。

そう言うと、蒲生は頷いた。

「毎日観測しているらしいから、大丈夫だよ。でも風向きによって立ち入り禁止区域はある。あちらの方も立ち入り禁止だ」

蒲生は赤い溶岩の方を指さした。

佐奇森が手をジーパンのポケットに突っ込んでつぶやいた。

「また、見つかった、なにが、永遠が、海と溶け合う太陽が。」

写真を撮っていた桑島さんが振り返った。

「ランボー。小林秀雄訳の」

「おおっ、よく知ってますねえ」

「有名な詩だもの」

図書館司書だというから、読書家なのだろう。ぼくも、その詩は知っていた。

たしかに溶岩が海に流れ込んでいるこの場面は、ランボーの詩の光景そのものだ。無意識のうちに詩集のタイトルをつぶやいていた。

「地獄の季節……か」

佐奇森が顔をしかめた。

「なんだよ。ちょっと格好つけてやろうと思ったのに、インテリだらけだな」

蒲生が佐奇森の肩をこづいてにやつく。

「おまえのは付け焼き刃だから」「うっせえ」

だが、ぼくもその先は思い出せない。高校生の時に読んだきりだから当然かもしれない。

海と溶け合った太陽を見つけたランボーは、なにを思ったのだろう。

暗くなってきた頃を見計らって、キラウエアの山頂まで戻った。

パーカーを羽織って、車を降りて身震いする。寒い。まるで冬のようだ。

ウインドブレーカーを着た桑島さんが、ぼくを心配そうに見る。

「木崎くん、それしか持ってこなかったの？　和美さんが上着持って行った方がいいって言ってたのに」

それは聞いていたが、パーカーがあれば充分だと思ったのだ。それに、パーカーより分厚いものも、なにも持っていない。

佐奇森と蒲生も、しっかりブルゾンを着込んでいる。

「大丈夫だよ。鈍感なんだ」

ぼくはそう言って、パーカーのファスナーを閉めてフードをかぶった。だが、歯がかちかちと鳴った。

佐奇森が言った。

「マウナケアで星を見るんだったら、それこそスキーぐらいの装備が必要だぞ。ホテルで貸してくれるけど」

「そうなんだ……」

次第に寒くなる日本から脱出してきたつもりだったのに、がたがた震えているというのは皮肉な話だ。だが、せっかくきたのだから見ていきたい。

火口が観測できるポイントにはすでに大勢の観光客がきていた。なんとか隙間を見つけてもぐり込む。

火口は五百メートルほど先にあった。だが、そこまで近づけない。煙がもうもうと上がっている。

日が落ちていくにつれ、しだいに火口が赤く光り始める。燃えているのがよくわかる。ウインドブレーカーを着ている桑島さんさえ、寒そうに両手で身体を抱きしめている。唇が小刻みに震えた。

寒いだけではない。ひどく不快だった。なにか苦いものを無理矢理飲まされたときのように、口の中が気持ち悪い。

赤く燃え上がる火口は美しいと思ったけれど、先ほどの溶岩台地のように心に染み渡ってはこなかった。

ホテルに帰った頃には、不快感はすでに耐えられないほどになっていた。

夕食を断って部屋に帰り、トイレで少し吐いた。そのままベッドに倒れ込む。

無理もない。もともと、疲労感を覚えていたのに、あちこち動き回って、その上ひどく寒い場所に薄着で立っていた。

やはり、今日はゆっくり休息を取るべきだった。身体がそれを欲していたことは気づいていたのに。

やはり、旅慣れていないな、と考える。いくらでも時間があると考えながら、それでも誘われると出かけてしまうのは、時間の貧乏性みたいなものだ。

ふいにドアがノックされた。起きて開けようかと思ったが、身体が動かない。

「木崎くん、開けるわよ」

和美さんの声だった。ようやく、「どうぞ」とだけ言った。

彼女はミネラルウォーターの瓶を持って入ってきた。

「どうしたの？　具合悪いの？」

「ええ……少し無理しちゃったみたいで……どうしてわかったんですか？」

「桑島さんたちが言ってたから。『木崎くん、青い顔して具合悪そうだった』って」

「そうですか……」

隠していたつもりだが、隠しきれなかったようだ。情けない。

和美さんは、ぼくに体温計を渡した。

「はい、熱測って」

「すみません……」

言われるままに体温計を脇に挟む。

彼女はミネラルウォーターのふたを開けて、部屋に備え付けのグラスに注いだ。

「ほかに欲しいものはある？　缶詰のスープくらいならすぐ用意できるわよ」

「今はいいです……」

なにも食べられそうにない。水は飲みたかったから、持ってきてくれたことはありがたかった。

和美さんは椅子を引き寄せて、ぼくが熱を測り終わるのを待った。

五分ほど経ったから自分で体温計を見てみたが、水銀は100のところにあった。意味がわからない。

「華氏表記だからね。日本人が見てもよくわからないでしょ」

体温計を受け取った和美さんが眉をひそめた。

「やはり、ちょっと熱があるみたいね。38度弱くらい。旅行保険に入っているのなら、医者を呼んでもいいけど」

そういえば、アメリカは医療費が馬鹿高いと聞いていた。保険には入ってきているが、ただの風邪か疲労だ。寝ていれば治る。

「平気です。休んでいれば治りますから」

「そう？　わかったわ」

彼女はベッドサイドの電話を指さした。

「9を押したら、わたしの部屋に通じるから、つらいようなら呼んでね」

「すみません……」

和美さんが立ち去った後、ぼくはグラスの水を一息に飲み干した。

冷たい水が熱を持った身体の隅々にまで染み渡った。


熱のせいか、重苦しい夢ばかり見た。

この間までぼくが担任をしていた児童たちが、黙ってこちらを見ていた。その目は軽蔑に満ちていて、大声で叫び出したくなる。

——違うんだ。そんな目で見ないでくれ。

口を開けてそう言おうとしたが、のどが腫れ上がったように塞がれて、声すら出ない。

息苦しくて、ぼくはそのまま地面に倒れ込む。

白いソックスと赤い靴が、ぼくの目の前にあった。

その靴がだれのものか、即座にわかってしまい、そのことに胸焼けがした。

早希《さき》だ。冷たそうな髪と、なにもかも見透かすような大きな瞳。

——ごめん、ごめん。早希。

現実には、たった一度も早希を名前で呼んだことはないのに、ぼくはそう繰り返していた。

だが、村上と名字で呼ぶよりも早希と呼ぶ方が、ぼくの中ではずっと自然に思われた。

それすら危険な行為だったはずなのに。

息苦しさに身もだえながら顔を上げると、早希は子供らしからぬ冷ややかな顔でぼくを見下ろしていた。

その顔すら美しいと思ってしまった。


目を開けると、そこに和美さんの顔があった。

カーテンを開け放して眠ってしまったせいで、外の光が差し込んでいる。明け方の柔らかで、少し冷たい光線。

「大丈夫？　うなされてたわよ」

「……すみません」

「なにも謝ることないでしょ」

そのすみませんは、心配をかけたことについてだ。だが、それを説明するのも気怠《けだる》かった。

深く眠ったせいか、身体は楽になっている気がした。

和美さんが額に手を当てる。その手がひんやりしてやけに気持ちよかった。

「熱、だいぶ下がったみたいね」

「ええ、大丈夫です」

薄明かりの中で見るせいか、はじめて彼女をきれいだと思った。熱に浮かされているのかもしれない。

いつものように、薄いタンクトップ一枚で、触れると骨まで感じ取れそうだ。

鎖骨は美しく、ごくわずかな曲線を描く。痩せているのに、二の腕にはそれでも女性ゆえの丸みがあった。

彼女に欲情したいと思った。欲情した、ではなく、欲情したい、と。そうすれば、心に刺さった棘を少なくともひとつ抜くことができる。

「どうしたの?」

きっと、ぼくは彼女を凝視していたのだろう。顔を背けたいと思ったけれど、動けなかった。

「なんでもない……です」

彼女の裸を想像してみる。瘦せているから、醜いたるみなどはないだろう。ごくわずかなふくらみの胸に、あきらかに男とは違う乳首がついているのだと思った。

彼女の手がそっとぼくの胸を撫でた。

たぶん、ぼくの欲情は彼女に共鳴している。

ぼくは手を伸ばして、彼女の指を握った。骨にそのまま触れているのかと思うほど、細くて硬い指だった。

第三章

二度目に目が覚めたときには、部屋には夕焼けの光が差し込んでいた。

パジャマ代わりのTシャツが汗でぐっしょりと濡れている。だが、その分身体は細胞を冷水で洗い流したかのように爽快だった。

なぜか、高熱を出した後はいつもそうだ。ダメージを受けているのもわかるが、なにかがリセットされたような気分もある。

枕元に置かれたミネラルウォーターの瓶を、そのまま口をつけて飲む。体中に水が染み渡る気がした。

熱が高いときは、水を飲みに行く元気もなかった。ベッドの横に水の瓶を置いてもらったおかげで、ずいぶん助かった。

何度か、水を飲み干した記憶があるから、そのたびに新しいものに替えていてくれたのだろう。

ふいに記憶が甦って、どきりとする。

和美さんに妙に女を感じて、彼女の手を握ったのは覚えている。だが、その後の記憶が曖昧だった。ひどく甘いような、どこかもどかしいようなそんな感覚。気持ちをひどく揺さぶられたような痕跡は残っている。痩せていて、ビキニの日焼け跡のはっきり残った身体も思い描けるが、自分の妄想だったような気もするのだ。

ぼくは頭を抱えた。

「セックスしましたっけ？」なんて聞けるはずもない。

たぶん、していない、と思う。記憶の甘ったるさは淫夢特有のもので、現実離れしている。だが、それが熱のせいだったとしたら。

とりあえず、彼女と顔を合わせたときのリアクションで真実を探るしかない。

一応の救いは、たとえセックスしてしまっていたとしても、隠す理由は彼女の方にあり、ぼくの方にないということだ。

彼女がそれをだれかに話すことはないだろうし、もしなんらかの拍子にばれても、ぼくは困ることはない。洋介さんには殴られて、ここを追い出されるかもしれないが、少なくともぼくは熱を出したあとで、ぐったりしていた。まさか自分から和美さんを強引に押し倒した、なんてことはないだろう。

彼女は落ち着いているし、まさか一回セックスしただけで、つきまとってくることはないはずだ。第一、ぼくと彼女はかなり年が離れている。あまりにも不釣り合いだから、向こうも遊びのつもりに違いない。

まあ、こんなことを考えていて、実際には単なる夢で、なにもしていなかったら笑う。その方が面倒がないのは確かだが。

汗で湿ったTシャツと下着を着替えると、もう着替えがなくなってしまった。階下にあったドラム式洗濯機には乾燥機能がついていたから、時間を気にせずに洗濯できる。

少しまだふらつくが、身体はもうつらくない。たぶん、熱は下がっているか、あっても微熱だろう。

汚れ物をビニール袋にまとめて、部屋を出た。幸い、洗濯機はだれも使っていなかった。Tシャツとトランクスだけだから、そのまま洗濯機に放り込み、前の滞在客が置いていったという洗剤を適当に入れる。

スイッチを入れると、洗濯機は動き始めた。椅子に座って、ぐるぐると回転する洗濯物を眺めていると、閉まっていた奥のドアが開いた。

「あら、木崎くん、もういいの？」

出てきたのは、バケツを持った和美さんだった。動揺を顔に出さないように笑う。

「ええ、もう大丈夫だと思います」

「そう、よかったわ。言ったら上着くらい、洋介のを貸してあげたのに」

薄手のパーカーだけでキラウエアに行ったことを思い出した。やはり、あれはあまりに下調べが足りなかった。

「いやもう、お恥ずかしい限りです。あんなに寒いと思わなくて」

パーカーくらいあれば寒さはしのげると思っていた。やはり南国のイメージにまだとらわれている。

和美さんは洗濯機に目を留めた。

「洗濯？」

「ええ、もう着るものなくなっちゃったんで」

彼女はバケツを部屋の隅に置いた。

「部屋で休んでたら？　終わったら持って行ってあげるわよ」

「でも、申し訳ないんで……」

そう言うと、どんと肩を叩かれた。

「なに言ってるの。ここにいる間は、おかあちゃんだと思ってくれていいんだから」

苦笑しながら、ぼくはそれでもほっとした。

今はふたりきりで、だれかの目を気にする必要もない。なのに、和美さんの態度には色っぽいところも、意味深なところもなかった。

なんとなく、甘ったるいような記憶は単にぼくが熱に浮かされていただけなのだろう。

「夕食、食べるでしょ。なんだったらおかゆでも作ろうか？」

そう言われて急に空腹を感じる。よく考えると、丸一日なにも食べていないのだ。

「大丈夫です。普通に食べられます」

「そう？　じゃあまた夕食の時にね」

彼女はそう言って、部屋を出て行った。それを見送って、ぼくは安堵のため息をついた。

なぜ、あのときあんな衝動に駆られたのかが今になってみれば不思議だった。


夕食のテーブルには桑島さんはいなかった。

蒲生と佐奇森も、いつもよりテンションが低い。やはり女性がいるのといないのとでは気分が違うのか、と、おかしくなった。

まあ、彼らは特にここに滞在している期間も長いし、若い日本人女性と話をする機会もあまりなかったのだろう。

「よう、もういいのか？」

佐奇森にそう尋ねられて、ぼくは頷いた。

「ええ、ただの風邪ですから」

「ときどきいるよ。やっぱりハワイは南国のイメージが強いんだろうな。薄着でやってきて風邪引く奴」

「お恥ずかしい限りです」

蒲生のことばに、ぼくは頭を掻いた。

もし、訪れるのがあまり聞いたことのない国なら、少しは下調べをしていっただろう。正直、ハワイという土地をぼくは舐めていた。

気候が温暖で、日本人観光客があふれていて、日本語も通じる観光地。そう思っていたが、ここは思った以上にいろんな顔を内包している土地だった。もちろん、ホノルルにだけいれば、またイメージも違うのだろうが。

和美さんが夕食を運んできてくれた。

鶏肉を茹でたものと、オーブンでグリルした野菜。運ばれてきたご飯からはぷん、と鶏のいい匂いがした。たぶん鶏肉を茹でたスープで炊き込んだものだろう。

ブロッコリーの入ったスープもあとから出てくる。

比較的、あっさりした食事なのは、病み上がりのぼくを気遣ってくれているのだろう。

並べられた食事は三人分だった。

食べ始めながら佐奇森に尋ねる。

「桑島さんは、今日はどこかに行ってるんですか」

「今朝からホノルル。一泊して帰ってくるらしいよ」

同じ便でここにやってきて、しかも昨日もほぼ、ぼくと同じスケジュールをこなしている。たしかにウインドブレーカーはちゃんと着込んでいたが、違いはそれだけだ。

「元気だな」

思わずつぶやくと、蒲生が笑った。

「女の方が数倍パワフルで、行動的だよ。特に旅行ではな」

そうかもしれない。大学生の時、つきあっていた彼女と旅行したときも、いつもその子が行きたい場所を決めてきた。ぼくはただついて行くだけだった。

もっとも、こんなだからモテないのかもしれない、とも思うが。

チキンスープで炊き込んだご飯は、さっぱりとしているのに滋養を感じさせる味で食が進んだ。

ふいに、佐奇森が身を乗り出した。

「なあ、おかしいと思わないか？　ナナちゃん」

「おかしいって？」

「結婚前の女の子がさ、三ヶ月も海外に出たりするか？」

佐奇森はぼくに話を振った。

「木崎くんがもし、彼女と結婚するとして、その前に三ヶ月旅行したいと聞いたら許すか?」

そう問われて戸惑う。たしかに正直なところいい気分はしないだろう。

「でも、彼女がどうしても行きたいというのなら……」

ぼくに強引に止めることができるとは思えない。それとも、結婚までこぎ着けた関係ならば、言いたいことは全部言えるのだろうか。

「でも、いい顔はしないだろう」

「まあ……たしかに」

「彼女は、旅行好きとはいえ、優等生で空気を読むタイプだろ。婚約者が嫌な顔をしているのに、それを強行するとは思えない」

仮定に仮定を重ねた推測だ。ただ、信憑性がないというわけではない。

だが、彼女は昨日、「自然に自分が仕事をやめる空気になっていたのが嫌だ」と言っていた。そのことへの反発で、わざと婚約者の気持ちなど考えない行動に出たのかもしれない。

蒲生もにやにやと笑う。

「俺もそう思う。ありゃあ、嘘だな。本当は婚約者なんていない」

「なんのために、そんな嘘を」

そう言うとあきれた顔をされた。

「ナンパよけに決まってるだろう。美人がひとり旅しているといろいろあるから」

「ああ……」

つくづく、ぼくは女性の気持ちを察するのが苦手だ。

たしかに、結婚が決まっていると聞かなければ、ぼくも少しは彼女に興味を持ち始め、そのうち惹かれるようになったかもしれない。

結婚すると聞いたときから、そんな可能性はまったく考えなかった。

だが、それは充分あり得る話だ。

彼女はたぶん、頭がいい。気軽に男にほいほいついて行くタイプでもなさそうだ。最初から予防線を張って、男たちに無駄な期待を抱かせないようにするかもしれない。

「だいたい、結婚って金のかかるイベントだぞ。式、披露宴、新居、新婚旅行だって行くだろ。その前に、長旅をして金を使うかねえ」

佐奇森はビールを飲みながら話し続ける。

「新居に引っ越せば、引っ越し代金、新しい家具、カーテン、次から次へ金がいる」

蒲生が佐奇森の顔をのぞき込んだ。

「ずいぶん詳しいじゃないか。さすが経験者」

「佐奇森さん、結婚しているんですか?」

そう尋ねると、彼はいたずらっぽく顔をしかめて見せた。

「失敗したわけですよ。いろいろ勉強させていただきました」

「ま、既婚者ならひとりでこんな宿に長期滞在することはないだろ」

ちょうど麦茶を持ってきてくれた和美さんに聞いてみる。

「やはり、独り者が多いんですか。こういうホテルだと」

和美さんはコップにお茶を注ぎながら答える。

「そうね。でも夫婦や恋人同士でくるケースも結構あるわよ。うちも半分はツインルームだし」

「そうなんですか？」

ぼくの部屋はシングルベッドしかないから知らなかった。

夫婦で長期間の旅なんて、よっぽど仲がよくなければできない気がする。日常を過ごすよりもトラブルは多いし、一緒にいる時間も長い。下手をすれば、修復不可能な亀裂が入ってしまう。

そういえば、大学時代、つきあっていた彼女と気まずくなったのも、旅行がきっかけだった。旅の途中に、何かの理由で彼女が不機嫌になり、次第に無口になっていって、それをどうなだめていいのかわからずに、列車の席で向かい合ったまま長い時間を過ごしたのを覚えている。

ぼくが旅にあまりいい印象が持てなくなったのも、そのせいかもしれない。彼女は旅行の好きな子だった。

小柄で華奢で、手や足も小さな子だった。一見頼りなげなのに、その裏にとても強い意志を持っていた。

結局、ぼくは彼女のお眼鏡にはかなわなかったのだ。

和美さんは三人を見回して言った。

「まあ、あんまり女性のことは詮索しない方がいいわよ。かえって嫌われるわよ」

どうやら、ぼくたちの会話は聞こえていたらしい。顔を見合わせて苦笑する。

桑島さんの話が嘘であっても、彼女が気軽に男性に誘われたりしたくないと考えていることには間違いなさそうだ。

無理に嘘を暴いてごり押ししても、彼女には嫌われるだけだろう。

食事は、ほとんど残さずに食べることができた。体調は思ったよりも回復していた。

食事を終えて部屋に帰ると、シーツが新しくなっていた。和美さんの気遣いに感謝する。たしかに汗で湿っていたから、新しくしてくれた方が助かる。

ベッドの上に置かれた紙袋は、洗濯の済んだ服と下着だった。

それを片付けていると、ドアがノックされた。和美さんだろうと思ってドアを開けると、そこには佐奇森が立っていた。

「ちょっと、今いいかな?」

「ええ、別になにもしてませんから」

彼は手に、コーヒーカップをふたつ持っていた。ひとつをぼくに渡す。

「ほい。ミルクや砂糖はいるかな」

「あ、いえ、このままで大丈夫です」

わざわざコーヒーを淹れてくれたのだろうか。戸惑いながら、彼を中に入れる。

佐奇森は床に座ると、コーヒーを一口飲んだ。

「実は頼みがある」

あらたまって言われると、少し緊張する。まさか金の無心だろうか。

「なんですか?」

まだ彼のことはよく知らないから、どうしても警戒してしまう。ぼくは身構えて尋ねた。

「本を貸してほしいんだ」

「本を貸してほしい?」

予想もしなかったことばに、ぼくはオウム返しに尋ねた。

「本って、なんの本ですか?」

「なんでもいい。いやもう、本当になんでもいいんだ」

佐奇森は頭をぶんぶんと振った。

「活字中毒で、日本からそれなりに本は持ってきたんだけど、全部読んじまってさ。蒲生はほとんど読書はしないらしいし、青柳はなんかよくわからん横文字の本しか持ってないらしいし、参ってたんだよ」

佐奇森はためいきをつくように言った。

「昨日、木崎くんランボー知ってただろ。多少は本読むんじゃないかと思ってさ」

そんなことならおやすいご用だ。

「ぼくも五冊くらいしか持ってないんですけど、よかったら好きなの持って行ってください」

机の上の本を指差す。

佐奇森はよだれを垂らさんばかりに飛びついた。

ぼくが持ってきたのは、翻訳物のミステリが二冊と、あとは前から読もうと思って読む機会がなかった英米文学が三冊だった。

「いいねえ、どれも俺が読んだことない本だよ」

表紙を撫で回しているところを見ると、よっぽど活字に飢えていたらしい。

「どれでも持って行ってくれていいですよ。ぼくも一度に全部読めませんし」

本は好きだが、読書量が極端に多いわけではない。ひと月の間、一冊も読まないこともざらにある。

佐奇森は、急に立ち上がった。

「あ、ちょっと待ってくれ」

そう言って部屋を出て行く。どうしたんだろうと思うと、十冊ほどを抱えて戻ってきた。

「これは俺が読み終えた本だ。読みたいのがあったら遠慮なく取ってくれ。もちろん、借りた本は読み終えたらちゃんと返す」

ぼくはそれを受け取った。SF小説がほとんどで、残りは最近の日本人作家の小説だ。

「SFがお好きなんですね」

そう言うと、ぼくの本を選びながら、大げさに手を振った。

「いや、最近読み始めたばかりなんだよ。だから、むしろ詳しくない方だ」

言われてみれば、そこにあるのはSFの古典的名作と言われるような作品が多かった。SFファンならばとっくに読破しているような本ばかりだ。

その中に、『夏への扉』を見つけて、自然に手が伸びた。

この世でいちばん好きな小説だった。何度も繰り返し読んで、原書にも手を出した。

つたない英語力でも、好きな本なら読めるのだと知った小説だ。

その表紙は、ぼくの持っている文庫本のものとは違った。ぼろぼろになった自分の本を思い出す。たしか買ったのは中学生のころだから十年以上前だ。これは新しい版なのだろう。

ぼんやりと表紙を眺めていると、佐奇森がひょいとぼくの手元をのぞき込んだ。

「ああ、それ。タイトルだけ知ってたんだけど、まあまあだったな。名作と言われてたからどんなにおもしろいかと思ったら、なんというかアニメかマンガっぽいというか」

好きな作品をけなされて少し苛立つが、そんなことで怒るのも大人げない。

「まあ、古い作品ですからね。今から五十年以上前の小説ですよ」

「たしかに。そう思うと傑作なのかもな。たくさんのアニメやマンガが、この小説にインスパイアされたってことだもんな」

ほっとした。佐奇森は自分が楽しめなかった作品を、意固地にけなすタイプではないようだ。

たしかに今読めば、使い古された設定もたくさんあるが、そんなことに関係なく、ぼくはこの作品が好きだった。

この小説に漂う未来の眩しさ、主人公の孤独と彼らの運命、そのすべてが好きで仕方がなかった。

ダンは絶望の果てに、新しい未来を手に入れた。ぼくにはそれがあるのだろうか。

そう思うと、今のぼくにはこの小説を読み返すことなどできそうにない。読んでも昔のように楽しむことなどできずに、心が軋《きし》むだけだろう。

「あ、じゃあ、木崎くんは読んでるんだ」

「ええ、でも表紙が違うなと思ったんです。新しい版なんでしょうね」

訳者も替わっている。前とどう変わったか確かめたい気持ちもあったが、読めば心の傷を思い出してしまう。

「ぼくの青春の小説ですよ」

冗談めかしてそう言うと、佐奇森は頭を掻いた。

「そうだったのか。じゃあ、悪いことしちゃったな。悪口言って」

「いえ、古いのは当然ですから」

「俺はやっぱり、サリンジャーだな。学生のころ何度も読み返したのは」

「ああ、それもわかります。ぼくも大好きです」

小説談義をしながらも、ぼくの手は『夏への扉』を持ったままだった。

佐奇森は、ぼくの本から二冊を借りていった。代わりに、持ってきた十冊は、そのままぼくの部屋に置いておいてくれるという。

「俺、活字中毒だけどあんまり読み返すタイプじゃないんだよな。それ、全部俺が帰るときはここに置いていこうかと思うから、好きにしていいよ」

彼が立ち去った後、ぼくは『夏への扉』を読み返そうか迷い、結局それを枕元に置いたまま横になった。


昼間、ぐっすり眠ったせいで、真夜中になってもぼくの瞼は重くならなかった。

夜になると気温はぐっと下がる。薄い長袖のシャツを羽織ってちょうどいいくらいだ。明日か明後日にでも、もう一度あのスーパーに行って、あと一枚長袖のシャツと、もう少し厚い上着を買い足してこなければならない。

ホノルルに出ればもっと洒落たデザインの服が手に入るかもしれないが、別に見栄えよく見せたい相手もいないし、無駄遣いもしたくない。

外でまた水音がした。青柳という色の白い男だろうか。

よくもこんな涼しいのに泳ぐ気になるものだ。興味が出て、ぼくはプールに面した方の窓を開けた。

ざばざばと水を切る音が聞こえてくる。

ドアを開けて外に出ると、雲の合間からかすかに欠けた月がのぞいていた。

階段を下りて、庭にあるプールに近づいた。青柳が、プールの中で立ち上がった。

「よう、泳がないか」

ぼくは苦笑して顔の前で手を振った。

「風邪を引いて、治ったばかりなんだ。やめておくよ」

「水の中の方があたたかいぞ」

たしかにそうかもしれない。僕のいた小学校のプールの授業は機械的に行われる。途中で妙に涼しい日があっても、中止になることはない。

そんな日に指導するために水に入り、水の思いもかけないぬるさに驚くことがあった。

だが、いくらなんでも今日は無理だ。

彼は、プールから上がるとバスタオルで髪と身体の水滴をぬぐった。

身体を拭いた後、上にパーカーを着る。下は水着のまま、彼は共同のキッチンにつながるドアを開けた。

夜でも鍵はかかっていないのか。少し驚いて、ぼくは彼に続いた。

「いつも、こんな時間に泳いでいるのか？」

「前も言っただろう。日焼けしたくないんだよ」

彼はケトルに水を張って火にかけてから、パーカーのポケットを探った。煙草を出して一本抜き取り、箱をぼくに差し出す。

手を振って、吸わないことを伝えると、そのまま自分の煙草にライターで火をつけた。

「昼間はずっと寝てるのか？」

「あとは、部屋で本を読んだり、テレビを見たりだな」

どうやら夜しか活動しないのは本当らしい。

彼はインスタントコーヒーの粉をカップに入れた。飲むか、と聞かれたので頷く。もうひとつマグカップを出して、そこにも粉を入れる。

「コーヒーメーカーがあるのに」

「面倒くせえ」

彼は煙を吐くと、しゅんしゅん音を立て始めたケトルをとって、カップに湯を注いだ。

彼は戸棚から袋に入ったパンを取り出すと、なにも塗らずにもしゃもしゃとかじりはじめた。勧められたが、それは断った。熱いだけが取り柄のインスタントコーヒーを飲む。

「バイクで夜ごとに出かけていくんだって？」

こんなにいろいろ聞くと、嫌われるかもしれないと思うが、好奇心は抑えられない。もっとも、別に嫌われてもかまわない。

彼は灰皿に灰を落としながら笑った。

「夜ごとって、ドラキュラじゃあるまいし」

明るい室内で見ても、彼の皮膚は並外れて白い。夜に生きる種族だと言われても信じてしまいそうなほどに。

「夜出かけるのは、俺が星を見に、この島にきたからだよ」

「星?」

急にロマンティックな話になった。だが、すぐに思い出す。この島は星の観測に向いていて、いろんな国の天文台がマウナケアにあるのだ。

「星の観測?」

「観測……じゃないな。星の写真を撮っている。見に来るか?」

コーヒーを飲み干すと、彼は手早くシンクでカップを洗った。ぼくのカップまで取り上げて洗う。

彼と一緒に共同のキッチンを出て、階段を上り、彼の部屋に行く。

彼は「水着を着替えてくる」と言って、バスルームに入った。その間に部屋の中を見回す。

大きな、手で持つのは大変そうな蛇腹のついたカメラが机に置いてあった。

フルサイズのデジタルカメラよりももっと大きい。プロのフォトグラファーが使う、大判カメラというやつだろうと見当をつける。

大判カメラのフィルムは、普通の35ミリフィルムよりもずっと大きい。その分、描写が細密になる。

出てきた青柳に聞いてみる。

「大判カメラってやつかい？」

「よく知ってるな。リンホフだ」

メーカー名までは知らない。

彼は、大きなファイルからプリントした写真を取りだして、ぼくに見せた。

星が写っていた。だが、肉眼で見る星ではない。星の動きが、ゆるやかな光の弧を描いて、写し出されていた。

「三脚を立てて、シャッターを長い時間開けて撮影すると、こんなふうに写る。時間が写真に写し出されるんだ」

それはひどく美しい、幻想的な写真だった。写真というよりもむしろ絵画のようだ。

こうやってみれば、星がどれも同じではないことがよくわかる。

強い輝きを持つ星、ささやかな星。どこかあたたかみのある色と、凍り付くような色。

「きれいだな……」

お世辞ではなくそう言った。

彼は照れたように笑った。

「まあ、それだけの時間と金をかけて撮ってるからな」

たしかに機材だけでも何十万とかかるはずだ。プリントだって、デジカメや35ミリフイルムのようにどこでも安価でできるとは思えない。

「あんたも写真やるのか？」

「え？」

驚いて瞬きをする。

「いや、大判カメラなんて知らない人が多いからさ」

「たまたま知ってただけだよ」

そう言って笑うと、彼はそれ以上追及しようとしなかった。ぼくは少し狼狽する。彼は、ぼくの好奇心に応えてくれたのに、ぼくは彼の質問をはぐらかした。

もう一度、手元の星の写真を見る。


それから四、五日ほどは、あまり変化のない日が続いた。

ぼくは、日差しが強いときを狙って、ホテルのプールで泳いだり、近くを散歩したり、ベランダで肌を焼きながら、佐奇森から借りた本を読んだりしていた。

車の運転の練習もかねて、ヒロの町や、北の方のホノカアの町まで行ったこともある。

慣れていない上に、車が左ハンドルで緊張したが、たしかに道路を走っていても、対向車は滅多にこない。そのうちに、ひさしぶりの運転にも、はじめての左ハンドルにも慣れた。

町に入ってからも、日本とは比べものにならないほど車は少ないし、たとえ曲がるのに少し手間取っても、後ろの車からクラクションを鳴らされることはない。

夜中でも、少し歩けばコンビニがあってビールや弁当が手に入る日本を懐かしく思うこともあったが、ぼくは自分でも驚くほど、この島のゆったりとした時間に馴染んでいた。

桑島さんは、北の方まで自分で車を運転して、ノースショアにウミガメを見に行ったり、西海岸のコナの町に買い物に行ったりしているようだった。

西海岸には、高級ショッピングセンターもあるという話を聞いたが、ヒロ近辺の、静かな空気に慣れてしまったぼくには、どこか別の国の話のような気がした。

ここにきて、自分がこれまでどんなに非人間的な空間で生きていたのか知った。緑など、街路樹と鉢植えくらいしか見ることはなく、夜になっても町中がびかびかとむやみに明るい。分刻みのスケジュールで動いて、しょっちゅう携帯電話にはメールが届く。

当たり前だったあの日常が、ひどく不自然に感じられて仕方がない。

もっとも、ぼくだっていつかはそこに戻る。ここでなにかができるスキルもないし、英語もおぼつかない。残りたいと思っても、戻るしかない。

そうして戻ってしまえば、あっという間にあのロボットのような生活に馴染んでしまい、ここの生活のことなど、記憶の隅に追いやってしまうのだろう。

本当は、少し孤独と退屈が怖かった。

退屈の中にいれば、きっと思い出したくないことばかり思い出してしまう。自分を責め続けてしまう。

そう思っていたが、実際にはあまり日本でのことは思い出さない。

暑くもなく、寒くもない心地よい気温と、ときどき降る、霧のような細かい雨の中に、ぼくの苦しみなど溶けて薄まっていくようだった。

それがいいことだとは思えない。

うまく逃げおおせたつもりでも、結局、帰れば自分と向き合うしかないのだ。


その日の午後は快晴だった。

ぼくは、車を運転してヒロのショッピングセンターに出かけていた。

やはり、何日かに一度は、物が豊富に並んでいる場所に行きたくなるのは、都会で生まれ育った人間の性《さが》かもしれない。

最初に通ったときは、なんて寂れた町なのだ、と思ったが、実際に近くで住むようになってみると、ヒロの町はそれなりに都会だった。

ぼくが、ホノカアやワイメアという、ハワイ島の別の町を知ったからかもしれない。それらの町は、日本の田舎町のように静かで、人が少なかった。ちょっと歩いただけで、すぐ町を一周してしまう。店だって、それほど多くない。だが、ヒロは違う。贅沢さえ言わなければ、たいていの物が手に入る巨大なショッピングセンター。レストランやカフェもそれなりにある。

そういう意味でも、ホテル・ピーベリーはよい場所にあった。これが、店など個人商店しかないような寂れた町しか周囲になければ、さすがにうんざりしてしまうかもしれない。

その日も、ぼくは目的のないままショッピングセンターに行き、棚の間をぶらぶらとしていた。

スナックのコーナーで、あられを見つけてカゴに入れてみたり、何度か飲むうちに好きになった、甘ったるいコーヒー牛乳をカゴに入れたりしていた。

今日は、出かける前に和美さんから買い物を頼まれていた。

「コーヒーが残り少ないの。明日、わたしも買い物に行くからちょっとでいいんだけど、もし覚えてたら買ってきてくれる?」

「どこのメーカーのですか？」

そう尋ねると、和美さんは笑って首を振った。

「どこのでもいいわよ。飛び抜けて高いのじゃなければ、なんでもいいわ。あ、でも、できたらコナコーヒー100パーセントのにして。日本で買うと高いらしいから、ここにいるときはコナコーヒーを飲んでもらうことにしてるの」

ハワイ島の名産品のひとつが、西海岸のコナで作られているコーヒー豆だということは知っていた。たしかに、日本で見たときは他のコーヒー豆より、飛び抜けて高い値段がついていたと思う。

コーヒーにはさほど詳しい方ではないが、このホテルで飲むコーヒーはたしかにうまい気がした。苦みが後を引かずに、口当たりがいい。すっきりとした味のコーヒーだ。

もっとも、家ではスーパーで適当に挽かれたコーヒーの粉を買うだけだから、比べる方がおかしいのかもしれないが。

それを思い出して、コーヒー豆のコーナーに行く。ミルはあるから、豆で買ってきていいということだったが、コナコーヒー100パーセントの豆だけで、いくつも銘柄がある。

フレンチローストやシティローストというのは、たぶん焙煎の違いなのだろう。よくわからないが、ミディアムローストというのを選んでみる。

これまで飲んでいたコーヒー豆と同じような色をしていたからだ。

ふいに、棚の上の方にあるコーヒー豆に目がいった。

peaberryという文字が目に入る。ホテルと同じ名前だ。いくつか、その名前の物が違うメーカーであるから、コーヒー豆の種類なのかもしれない。

値段は、ほかのものよりも明らかに高かった。高級品だ。

ピーベリーと言うから、なにかブルーベリーかラズベリーのような果実かと考えていたが、コーヒー豆の種類だとは知らなかった。

可愛らしく、しかもハワイ島らしい、いい名前だ。

ふいに、そのコーヒーが飲んでみたくて、それもカゴに入れた。和美さんは「高くないのを」と言ったが、ぼくが買ってみんなで飲めばいいのだ。

ホテルに帰り、車を駐車スペースに停めようとすると、プールの方から女性の声が聞こえてきた。

車から降りると、プールでだれかが泳いでいるのが見えた。

「あ、木崎くんだ！」

手を振るのは、桑島さんだ。正直に言うと、彼女の水着姿は少し見たい。手を振られたと言うことは、近くまで行っても怒られることはないだろう。

見れば、和美さんもビーチボールにつかまってぷかぷか浮いている。

「天気いいから、木崎くんも泳ぎませんか?」

桑島さんは残念ながら、水着の上にTシャツを着たまま泳いでいた。それでも、チェックのビキニが、白いTシャツから透けてまぶしい。

「そうだなあ、泳ごうかなあ」

そういうぼくの顔は、たぶんにやけた表情になってるのだと思う。

「買った物を置いて、水着に着替えてくるよ」

そう桑島さんに断ってから、和美さんに声をかける。

「コーヒー豆買ってきました」

「あ、そう? ありがとう」

置いておいて、と言われるかと思えば、彼女は律儀にプールから上がってきた。

どきり、とした。

あまり面積の大きくない茶色のビキニ。痩せていて、胸もほとんどないから、それほどいやらしくは感じないし、脚も長いからよく似合っている。

だが、なぜかそれを着た和美さんを見るのは、はじめてではない気がした。

首に絡みついた細い紐や、小さな尻を半分ほど覆ったショーツさえ、見覚えがある気がする。

彼女は当たり前のようにそのまま、キッチンに面したドアを開けた。

ぼくはすっかり大人しくなって、彼女についていく。

熱を出した日の、ひどく甘ったるい夢の後は、それほど彼女を女性として意識しなくなっていた。だが、普段意識していない分、目の前に突きつけられた女の匂いは強烈だった。

最初に選んだミディアムローストのコーヒー豆を出し、次にピーベリーの方も出すと、和美さんはにっこり笑った。

「ああ、ピーベリー」

「ちょっと高かったからどうかな、と思ったんですけど、飲んでみたくて。これはぼくが買いました。よかったらキッチンに置いておいてください」

「いいの？　ありがとう」

彼女は、空いたキャニスターにミディアムローストの豆を入れ、棚から新しいキャニスターを出して、そこにピーベリーを入れた。

「このホテルの名前って、コーヒー豆からとってるんですね」

「そう。ハワイ島らしいいい名前でしょ」

水着のまま、テーブルに腕をついて、彼女は笑った。

「ピーベリーってどんなコーヒー豆か知ってる？」

「いえ、さっきはじめて知ったので。でも、ちょっと高級でしたよね」

彼女は一度閉じたキャニスターを開けた。コーヒー豆を二粒出す。

「ほら、普通のコーヒーって、内側にこういう黒い線が入ってるわよね」

コーヒー豆特有の形をぼくに見せる。ぼくは頷いた。

「コーヒー豆を絵に描け」と言われれば、多くの人が楕円形を描いて、真ん中に黒い線を引くだろう。

「これは、こうやってふたつ一緒に同じ莢《さや》の中に入っているの」

そう言って線のある面同士を合わせる。楕円形だったコーヒー豆が、横から見てちょうど丸い形になった。

「で、ピーベリーはね」

彼女が取り出したピーベリーは、普通のコーヒー豆よりも小粒だった。それをぼくの手に載せる。

よく見て気づいた。ピーベリーは他のコーヒー豆と違って、ころりと丸い形をしている。

「丸いですね」

「そう、ピーベリーは莢の中の部屋にひとつしか入ってないの。だから希少なの」

つまり、普通なら二粒採れるところが、一粒しか採れないということになる。高いはずだ。

彼女はぼくの手からピーベリーを取り上げた。

「なんか可哀想よね。ほかのコーヒーはふたつでひとつなのに、この子はひとりぼっち」

ふいに漂う空気が濃密になった気がした。

彼女の皮膚から、なんともいえない女の匂いを感じる。

やっと気づく。なぜ、彼女の水着姿を見たことがあるような気になっていたのか。

彼女の裸体が思い描けるのは、ただの妄想だと思っていた。だが、その身体にある日焼け跡と、今彼女の着ているビキニは完璧に一致する。

愕然とする。もしかして、あれは妄想でも夢でもなんでもないのだろうか。まさかぼくに超能力があるとか、そんな非現実的な話ではあるまい。

自然に手が、彼女の水着の紐に伸びていた。

彼女は、くすりと笑って、ぼくの手を払いのけた。

その表情には驚いた様子も、腹を立てた様子もなかった。当たり前のように、ペットのいたずらを制止するような顔だった。その顔を見て確信する。

夢ではない。ぼくは彼女の裸を目にしている。

最後まで行ったのか、途中までだったのかはわからないが、少なくともあの甘ったるい記憶の中でなにかがあったのだ。

「和美さ……」

聞こうとして口を開いたとき、プールから桑島さんの声がした。

「和美さん、なにしてるんですかあ」

「あ、今行くわー。ちょっと待ってねー」

和美さんはぼくの横をすり抜けると、共同キッチンを出て行った。ぼくはしばらく、身動きできないまま、そこにたたずんでいた。


その翌日のことだった。

部屋でぼんやりと本を読んでいると、ドアがノックされた。

「木崎くん、シーツの替えはいいかしら。これから洗濯するから一緒に洗いたいの」

和美さんの声だった。そういえば、四日ほど替えていない。

「ちょっと待ってください」

ドアを開けると、シーツとタオルを抱えた和美さんが部屋に入ってきた。

「替えてもいい？」

「もちろんです。お願いします」

あれから、和美さんの顔をまっすぐに見られない。彼女の態度はいつも通りだが、これまで感じなかった大人の女性の匂いを強く感じた。

肩紐の細いキャミソールと、ローライズのジーパンというラフな格好で彼女はベッドメイクをはじめた。

ジーパンの股上《またがみ》が浅いせいで、身体を低くすると背中の皮膚があらわになる。水着の日焼け跡がのぞいて目が離せない。

シーツを替えながら、彼女は言った。

「木崎くん、寝ぼけてて覚えてないのかと思った」

そのことばがなにを指すのか、今になってみれば明白だった。

こういうとき、「覚えてなかった」などと言ってはいけないことは、いくら女性が得意ではないぼくでもわかる。

「覚えてます」

彼女は顔だけ振り返ってくすりと笑った。そのポーズはひどく色っぽかった。

「嘘ばっかり、昨日まで忘れてたくせに」

まるで手玉に取られているようだ。隠したって見透かされる。

ぼくはため息混じりにつぶやいた。

「夢だと思ってたんです。本当かどうかなんて聞けないし」

「まあね、木崎くん途中で寝ちゃったし」

それを聞いて、またがっくりうなだれた。情けないことこの上ない。

「まあ病み上がりだったし仕方ないわよ。いきなり手を握って抱きついてくるから、わたしもまあいいか、と思ったんだけど、しがみついたままずるずる寝ちゃって……」

「そうですか……」

記憶が曖昧なのも当然だ。

ベッドメイクを終えると、彼女は汚れたシーツを片手に振り返って笑った。

「で、どうする？　あの日の続きしてみる？」

結局、ぼくたちは一度整えたシーツをまたぐしゃぐしゃに乱してしまった。

想像通り、彼女はブラジャーもしていなかった。薄いキャミソールをたくし上げれば、記憶にあるとおりの、日焼け跡が目に入った。

肉の薄さは、まるで少年のようだが、若くないせいでむしろ女らしい風情がその身体にはあった。

年上の女性とこんなことになるのは初めてだ。多少手間取ったり、下手だったりしても許してもらえるような気楽さがあった。委ねることができるというのだろうか、抱いているというよりも抱かれているような感覚。

思ったほど、背徳感を覚えないのは、和美さんという人の持つ空気のせいかもしれない。

本当はこんな関係になってはいけないはずなのだ。彼女には洋介さんという夫がいる。なのに不思議なほど罪悪感は覚えない。

それはぼくが単なる旅行者だからかもしれない。いつでもここを立ち去れるし、立ち去りたくないと思っても終わりは決まっている。

そして、そのあとはもうここにはこられないのだ。

自分の上で蠢く彼女の、ひどく細い腰を撫で上げながら、ぼくははじめての感覚に身を任せていた。

はじめから終わりがわかっている関係は、触れている最中ですら切ないのだと。

そのあとも、彼女とは関係を持った。

恋愛感情を抱いていたわけではない。彼女が洋介さんと同じ寝室にいるのだと考えても、嫉妬はそれほどは感じなかった。

ただ、ぼくにとっては、そうやって彼女に触れることが、一度朽ちかけた心の大事な部分を取り戻す作業になっていたのだろうと思う。

彼女の方は、どんなつもりだったのだろう。単なる火遊びか、退屈な毎日のスパイスか。もしくは、しょぼくれた年下の男への母性本能か。

ぼくが彼女に恋をしていないように、愛されているという感覚はまったくなかった。彼女はぼくの過去を探るようなことも、日本での恋人の存在を何度も確認することもなかった。

わからないけど、たぶんぼくたちはなにかが共鳴したのだと思う。

彼女がこんなふうに、しょっちゅう若い男に手を出しているとは考えたくなかった。そういう意味では、男はやはり愚かなロマンチストなのかもしれない。

自分は彼女を愛していないことを自覚しながら、少なくとも大勢の中のひとりではないことを望んでいる。

彼女はときどきぼくの部屋にやってくるが、どうやらホテルの客があまりいない時間帯を狙っているようだった。もちろん、昼間は青柳が部屋にいるだろうし、完全にだれもいないというわけではないと思う。だが、彼女がやってきた日、夕食の時間にみんなと喋ると、だいたいみんなどこかへ出かけていた。

ホテルのオーナーである彼女には、客の不在はだいたいわかるのだろう。

同時にそれは、彼女自身がぼくとの関係をだれにも知られたくないと考えているということだ。

ぼくも、複雑なことになるのは望んでいない。

彼女が本気でぼくを好きになるようなことになれば、ぼくだって困る。

だが、それでも心のどこかで、彼女にとってぼくが大事な男であってほしいという思いもあった。

愛してはいないし、愛されたくはないのに、それでも愛されたい。

愛情などどこかに隠し持っておくことはできないのに、それでもぼくはそう考えてしまう。


その事件が起こったのは、ぼくと和美さんが最初に関係を持ってから一週間ほど後、ぼくと桑島さんがこのホテルにきてから、二週間経ったころのことだった。

たまたま、そのときぼくは、ハワイ島を離れて、オアフ島を訪れていた。

しばらくハワイ島にいたぼくにとっては、ホノルルは驚くべき都会に思えた。

空を衝くような高層ホテルや、一度入ってしまうと、二度と出られないようなショッピングセンター。

行き交う人々も、信じられないほど多かった。小さなホテルで二泊したのだが、正直なところ、あまりこの土地は好きになれなかった。

ひとりの人間がうまく入り込める隙間もない。どこに行っても観光客があふれていた。ホノルルまできたのは、都会の空気を感じたかったという理由だが、ぼくはすっかりうんざりしてしまった。

三日目にはさっさと荷物をまとめて、ハワイ島に帰りたくなっていた。

だが、帰る前に和美さんから買い物を頼まれていたことを思い出す。メモに書いてもらった日本食材店の場所を探し当て、油揚げやらレンコンやら、寿司酢やら瓶詰めの佃煮やらを買い込んだ。

缶入りのゆで小豆や日本製のお菓子なども豊富に揃っていて驚く。おはぎやみたらし団子、稲荷寿司なども売っていて、つい財布の紐がゆるんでしまう。

結局頼まれていた物よりもたくさんの買い物をして、ぼくはヒロ空港に帰ってきた。

ホノルルと比べると、この島にはやはりゆったりとした時間が流れていた。

到着便は伝えてあったから、和美さんが迎えにきてくれるはずだったが、なぜか車はきていない。

電話して呼びつけるのも、図々しい気がする。きっと急に忙しくなったのだろう。

ぼくはタクシーに乗り込んで、ホテルまで行ってもらった。

ホテルの前で金を払ってタクシーを降りる。なぜか、強い違和感を覚えた。

夕刻のホテルはいつもと変わらないように見えるのに、どこかが違う。しばらく間違い探しをするようにあたりを見回して気づいた。

プールの水が抜いてあった。

掃除でもしたのかもしれない。そう思いながら、ぼくは自室に上がって荷物を置いた。頼まれものの入った鞄を持って、階下におり、共同キッチンに面したドアを開けた。

ドアを開けた瞬間、戸惑った。

夕食の時間にはまだ早いのに、テーブルに桑島さんと佐奇森、和美さんが座っていた。それだけではない。青柳まで壁にもたれるように立っていて、少し離れた椅子には洋介さんが座っていた。

全員勢揃いだ。そう思って、すぐに気づく。蒲生がいない。

「どうしたんですか？」

そう尋ねると、桑島さんが啜《すす》り泣くような声で言った。

「昨日、蒲生さんが亡くなったの。プールで溺れて……」

「ええっ！」

驚いたぼくに、和美さんが続けて言った。

「それだけじゃない。彼が書いた緊急連絡先に、電話をしたんだけど、まったく違う人が出たの」

「どういうことですか？」

青柳がぽつりと言う。

「蒲生、と名乗った人間は、嘘の住所や電話番号を書いたということだ」

ぼくはなんと言っていいのかわからないまま、部屋の中にいる全員の顔を見回した。

「いったいなんのために……」

「それはむしろ、こっちが教えてもらいたい」

洋介さんが苦笑するようにつぶやいた。

ぼくはまだ戸惑ったまま、ドアの側に立ち尽くしていた。

持っている食材の重さすら、忘れたままで。

第四章

事故が起こったのは、昨日の午後だったらしい。

ちょうどホテルには青柳しかいなかった。和美さんは買い物に、桑島さんはドライブに、そして佐奇森はホノリイのビーチでサーフィンをしていたという。青柳はいつもの通り部屋で眠っていた。

蒲生が「今日は午後からプールサイドでビールを飲む」と言っていたのは、和美さんも佐奇森も聞いていた。

蒲生はときどき、短パンだけでデッキチェアに寝そべり、ビールを飲みながら午後を過ごしていることがあった。身体を焼いているのか、単に昼寝なのか。彼がかけている馴染みのない洋楽が、部屋にいても聞こえていた。

佐奇森がホテルを出たのは一時過ぎ、三時に帰ってきた桑島さんが、うつぶせでプールに浮く蒲生を発見し、プールサイドに引き上げた。慣れない国で、警察に連絡する勇気もなく和美さんの携帯電話に連絡し、戻ってきた和美さんが警察に通報した。

蒲生はすでに息がなかった。プールは足がつく深さだが、だからといって溺れることがないとは言えない。

いきなり目眩《めまい》や立ちくらみを起こすこともあれば、深呼吸を繰り返しすぎて、血中の二酸化炭素濃度が下がり、いきなり意識を失うこともある。おまけに蒲生は酒を飲んでいた。

海ではなく、安全に見えるプールにも危険は潜んでいる。昔、先輩教師から、ずいぶん気をつけるように言われた。だから、事故自体は充分起こりえることだと思う。

だが、蒲生が嘘の連絡先を書いていたというのは、どういうことなのだろう。

「ま、確かに嘘をついていてもわからないのよね。うちは、パスポートの確認もしないから……」

和美さんがぽつんと言った。確かに泊まるときに、日本での住所やなにかトラブルがあったときの連絡先などは書いたが、なにかと照らし合わせたわけではない。適当なことを書いてごまかすことはできるだろう。だが、なんのために。

ここを発って日本に帰った後、捜されたくなかったということなのだろうか。

「パスポートはあったんですか？」

少なくともパスポートがあれば、名前や生年月日はわかる。

和美さんは首を横に振った。

「見つからないの。もっとも、ひと通り捜しただけだから、もっと念入りに捜せば見つかるかもしれない」

だとすれば、蒲生という名前も偽名かもしれない。

単なるいたずら心だったのか、それともなにかを企んでいたのか。彼が死んでしまった後ではそれを知るすべもない。

「一応、日本領事館には連絡したから、もし彼の身内からの問い合わせがあったらわかると思うんだけど……」

だが、身内がいない人間という可能性もある。

蒲生は、どんな話をしただろう。思い出してみるが、少しも記憶の糸には引っかかってこない。最初にチェーン・オブ・クレーターズ・ロードを訪れた日以外にも、一緒に行動したことは二回ある。どちらもヒロまで一緒に買い物に出た。

にこやかに機嫌良く喋っていたが、彼は少しも自分のプライベートを明かそうとしなかった。そのことに今になってはじめて気づく。

もともとぼくも、彼個人にはなんの関心もなかった。同じホテルに滞在する旅人同士、その場だけ他愛のない会話をしていられれば充分だった。それは彼の方も同じだったのだろう。ぼくの過去や人となりに興味を持つことはなく、それが快適だった。お互い様だというのに、彼が死んでしまった今、ぼくはなぜか罪悪感を覚えずにはいられない。

青柳がきっぱりと言った。

「悪いけど、人が死んだところではくつろげない。近いうちに別のホテルに移らせてもらう」

彼のことばがひどく冷たく聞こえて、そのことに腹が立った。

客の立場で考えれば彼の行動は決して身勝手なものではない。もし、このホテルでなければぼくも同じことをしたかもしれない。なのに、勝手に身内のような、疑似家族のような気分になってしまっている。

和美さんは力なく頷いた。

「仕方ないわね。でも次のホテルは教えておいて。警察や領事館の人が話を聞きたいと言うかもしれないから」

「ああ、わかった。たぶん、ヒロあたりのホテルを探すと思う」

青柳はそう言うと、背を向けて部屋を出て行った。ドアの閉まる音が響く。

桑島さんが佐奇森に尋ねた。

「佐奇森さん、蒲生さんと仲良かったですよね」

佐奇森は困惑した顔で頭を掻く。

「そりゃあ、ナナちゃんや木崎くんたちよりは前からいるけど、それだけだからなあ……たぶん、日本に帰ったら連絡もしなかったと思うよ」

彼の口からさらりと出たことばも、ひどく冷たかった。

「なんつーかさ、海外放浪が好きな奴らって、旅先のその場限りのつきあいに慣れるんだよな……。寂しいけど、こいつとは今だけだなってのがわかるっつうか……。蒲生ともそんな感じだったよ。あいつがなんの仕事をしているのかだって知らないし……」

「お店を経営しているって言ってたわ……」

桑島さんがぽつんと言った。佐奇森が驚いた顔になる。

「ナナちゃんには話してたんだ。でも、そんな仕事なら、彼が行方不明になったら困る人間がいるんじゃ……」

「ええ、でも……」

桑島さんはなにか言いかけて口を閉ざした。

彼女が言おうとしたことは、見当がついた。つまり、それが本当かどうかはわからない。単に見栄を張った可能性もある。

「じゃあ、領事館から近いうちに連絡があるかもしれないわね」

自分を納得させるかのように和美さんが言う。

「携帯電話とかは？」

「あるけど、ロックがかかってたの」

和美さんの返事を聞いて考え込む。デジタル機器の進歩は、トラブルをよけいにややこしくする。昔なら、手帳を見れば連絡すべき相手の電話番号はわかっただろう。

和美さんははっと気づいたように立ち上がった。

「ごめん、木崎くん、買い物してくれたんだよね」

「あ、台所まで運びますよ」

ぼくは荷物を抱えて、和美さんと一緒にキッチンに入った。

今まで見たことがないほど暗い顔をした和美さんに、こんにゃくやレンコンなどを渡す。

「大変なことになりましたね」

「来週から泊まるはずだったお客さんもキャンセルになったし、本当に大変……。もちろん、蒲生くんがあんなことになったこと自体がいちばんショックなんだけど」

冷蔵庫に食材を詰めながら、和美さんはためいきをついた。

「せめてもうひとりスタッフがいて、ホテルにわたしが残ってたらこんなことにはならなかったと思うと……」

「和美さんが悪いわけじゃないですよ」

そう言うと、彼女は寂しげに笑った。

「ありがと。でも最悪中の最悪だわ。お客さんが事故に遭うなんて……」

だが、ハワイでは庭にプールがあるのはごく普通のことだし、ピーベリー程度の規模のホテルで、監視員を置くのは無理だ。

可能性を言えば、浴室でも溺死事故は起こる。事故をゼロにするなんてできるはずはない。

和美さんは立ち上がって言った。

「落ち着かないだろうし、木崎くんも、別のホテルに移ってくれていいよ」

気遣って言ってくれたのはわかるのに、その他人行儀なことばに傷ついたような気持ちになる自分がいた。

「ぼくはここにいますよ」

あなたのそばに。隣の部屋にいる人たちを意識しながら、気持ちを込めてそう言うと、彼女はまた少し笑った。

部屋に戻ってベッドに横になる。

まるで住み慣れた我が家に帰ってきたような安心感がある。まだここにきて、二週間程度しか経っていないというのに。

よく考えれば、自宅もホテルの部屋と変わらない程度に狭かったし、スペースを有効活用するため、ソファベッドを使っていた。

この部屋のベッドもぎしぎし軋むマットレスを使っているが、自宅のソファベッドよりもずっと寝心地はいい。

自宅に帰ることを考えると、胃がきりきりと痛んだ。

いつまでもここにいるわけにはいかない。三ヶ月という期限を切って手に入れた休暇だった。いつかは元の世界に戻って、人生をやり直さなければならない。

そう思うたびに、心は疑問を繰り返す。

だれがぼくを受け入れてくれるというのだろう、と。

ここが楽園というわけではない。気候こそ気持ちいいが、日本に比べると恐ろしく退屈だし、あまりにも不自由だ。

インターネットは結局不通のまま、友人にもメールを入れていない。両親には二度ほど電話を入れて元気でいることは伝えているし、ここの電話番号も教えてあるから、誰にも心配はかけていないと思うが、それでも不便なことには変わりはない。

抱きしめてくれる女性はいるが、人妻で、おばさんで取り立てて美人なわけではない。人に話しても羨ましがられるとは思えない。

ここの居心地がいいのは、停滞していられるからだ。

自宅にいたときはなにもしないことに罪悪感を覚えていた。ここでなら、心ゆくまで怠惰な時間を貪《むさぼ》れる。

戻って再び、あの規則正しく勤勉な世界に適応できるかと考えると、急に不安になる。いっそのこと、蒲生と同じように帰る間際に死んでしまいたい気持ちさえする。そんなことを考えて、ぼくは勢いよく飛び起きた。

——まさか……な。

自殺の二文字が頭に浮かんで、あわててそれを追い払う。

いつも機嫌良く笑っていた蒲生には、暗い影などなかったし、もし桑島さんに言ったとおり、店を経営している実業家なら、日本に帰ってやらねばならないこともあるはずだ。ぼくのようなドロップアウトした人間と一緒にするのは失礼だ。

ふと思った。ぼくはこのホテルの人々からどう見られているのだろう。単に少し髪の色が奇抜な好青年に見えているのか、抱え込んだ鬱屈を見破られているのか。

肌を合わせても、和美さんはぼくの心までは掘り起こそうとはしなかった。尊重されているような気もするし、一方で大して関心がないのかと思う日もあった。

経験豊富な女性ゆえの、巧みな快楽に翻弄されながら、踏み込んでもらえない寂しさをどこかで感じていた。彼女なら、ぼくが死んだときに、その孤独に思い当たってくれるだろうか。

プールに沈みながら、蒲生はどんなことを考えたのだろう。彼の死を悼むよりも、そんなことばかりが気になって仕方がない。

生きているときは、ほとんど彼の内面になど興味を持たなかったくせに死んでからそのことを後悔している。

死んだ人は、もう読めない本のようだ。彼のことを知りたいと思っても、知ることができるのはほんの表層のことだけだ。

ぼくは人づてに彼の人生のあらすじを聞くことしかできないのだ。

彼だって、まったく迷いを抱いていなければこんな遠くまではこなかっただろうに。

翌日、ぼくは十一時頃に階下に降りた。

九時くらいから目が覚めてはいたが、ベッドの中でだらだらとしていた。午前中の遅い時間は、いちばん一階に人がいない時間だった。

和美さんはベッドメイクや部屋の掃除などに、忙しく立ち働いているし、客たちはたいてい出かけているか、もしくは部屋でのんびりしている。

あえてその時間を狙ったわけではないが、だれもいないことが気安くて、自然にその時間に降りていって、コーヒーを飲んで軽食を取るようになった。

その時間に遅い朝食を食べると、昼食を外に食べに行かなくてもいいのもちょうどよかった。トーストを焼いたりするのは大した手間ではないが、他の料理はさほどうまくはできない。かといって、外食をするには車で出かけなければならない。

いちばん面倒ではない方法が、遅い朝食を取り、昼食を抜くことだった。夜は和美さんが作ってくれる。

だが、その日、テーブルには桑島さんがひとりで座っていた。

彼女が午前中から部屋にいることは珍しい。これまで、ほとんど毎日のように出かけていた。午後早く帰ってきて、ゆっくりすることはあっても、午前中はホテルで姿を見ることはない。

彼女はぼくを見て、ぺこりと頭を下げた。

「おはようございます」

笑顔は浮かべているが、いつもより表情は暗い。蒲生のことで気が塞いでいるのだろう。

「珍しいね。こんな時間にホテルにいるのは」

「なんとなく、外出する気になれなくて……」

コーヒーの入ったマグカップで両手を温めるようにしてためいきをつく。コーヒーメーカーには彼女が多めに作ったらしいコーヒーが湯気を上げていた。

「飲んでいい？」と聞くと、「もちろん」という答えが返ってくる。

「木崎くんは出て行かないの？」

いきなり尋ねられて、ぼくは答えに困った。

「たぶん……そのつもりはないよ」

もちろん、ここが営業を取りやめるというのなら、どこか別のホテルを探さなければならない。逆に言うとそうでもなければ、ここを出て行くという選択肢はぼくにはなかった。

ここが気に入っているということのほかに、和美さんとの関係が心地よいということも間違いなくあった。

洋介さんと別れてほしいとまでは思わないし、ここを出れば関係は途絶えてしまうだろうことは理解している。それでも今少しだけ、彼女と一緒に時間を過ごしたかった。

「桑島さんは？　出て行くつもりなのか？」

彼女は首を横に振った。

「わたしもここにいたい。でもなんかすっきりしなくて……」

ぼくは買い置きのベーグルをオーブントースターに入れた。コーヒーをカップに注いで、そこに牛乳を注ぎ足す。

「ああ、妙な言い方ですよね。事故だということを疑っているわけじゃないんですけど……」

「すっきりしない？」

なぜか奥歯に物の挟まったような言い方をする。

焼けたベーグルにクリームチーズとブルーベリージャムを塗り、ぼくは彼女の前に座った。

「でもなにか気になることがある……？」

誘導するようにそうつぶやくと、彼女はこくりと頷いた。

「蒲生さん、言ってたんです。『このホテルの客はみんな、嘘をついてる』って」

心臓がぎゅっと縮んだ。心臓の鼓動が速くなる。

「嘘……？」

「もちろん、それが本当かどうかは知らないです。蒲生さんは確かに嘘をついて、自分の住所を隠していたわけだけど……」

ぼくは考え込んだ。

少なくとも、ぼくは嘘をついてはいない。住所も名前も、教師だったことも全部本当だ。もちろんなにもかも喋ったわけではないが、それを「嘘をついた」と表現されるのはおかしい。知り合った人に生い立ちのすべてを話す必要はない。

嘘ということばに隠し事を含めるのなら、和美さんのことだろうか。蒲生はそれに気づいていたのかもしれない。

「ぼくは嘘なんかついていないけど」

黙っていると、嘘をついたと認めたようで、ぼくはそう言った。

桑島さんはかすかな笑みを浮かべた。

「それを聞いて、ほっとしました。蒲生さんが適当なことを言っただけですよね」

だがぼくの中に、疑惑が生じた。桑島さんは自分が嘘をついていることは否定していない。「みんな」の中にはもちろん桑島さんも含まれるはずだ。それとも、ぼくの勘ぐりで、彼女にとっては自分が嘘をついていないことは明白なだけかもしれないけど。

たぶん、問い詰めるような目をしているのだろう。彼女がまるで怯えたように視線を落として、あわてて笑顔を作った。

だが、ぼくの視線が彼女の背中を後押ししたのかもしれない。彼女はマグカップを胸に引き寄せて口を開いた。

「わたし、蒲生さんに口説かれてたんです」

「え……っ」

驚いた声は出したが、それでも驚愕するようなことではない。

ここには若い女性は桑島さんしかいないし、彼女は清楚で可愛らしい。気が回って優しいし、知識をひけらかすわけではないのに話し方はどことなく知的だ。彼女のことを好きになる男性は多いはずだ。蒲生が「婚約者がいてもかまわないから口説きたい」と思っても不思議はない。

「そうだったんだ……桑島さん、優しいから」

ぼくはあえて踏み込まないように相づちを打った。

彼女は息を吐くように笑った。

「なんか、簡単になびくように見えるんでしょうね。わたし、なんか適当に口説かれること、多いんです」

「適当に？」

そう尋ねると、彼女はうまい言い回しを探すように考え込んだ。

「たぶん、本当にわたしのことが好きなんじゃないんだろうなって思うような……なんか『なびいてくれればラッキー』と思われているのがよくわかるんです」

思わず、コーヒーに噎《む》せそうになる。

彼女がそう言ったとたん、彼女を口説いた男たちの気持ちがわかった気がした。

たぶん彼女には男を萎縮させる部分がないのだ。自分を傷つけないだろうと考えて、気軽に声をかける。

ただ、そんな心理まで彼女に見抜かれているとは普通は考えない。同じ男として冷や汗が出るようだ。

ぼくだって、彼女に婚約者がいなくて、もう少しぼくに積極的な好意を見せてくれたら、同じことをしたかもしれない。

「奥さんがいるのに、口説いてくる人とかいて、馬鹿みたい。そんな人を好きになるはずなんかないのに」

「蒲生さんは奥さんがいたの？」

彼女は首を横に振った。

「いないって言ってました。でも、わたしは信じてなかった」

「いる気がした？」

こくり、と頷く。

「だってあの人、ひとりでコーヒーも淹れられなかったんですよ。和美さん呼びつけて淹れてもらってたの。ひとり暮らしだったら、コーヒーくらい淹れられるようになりますよね」

「ここのコーヒーメーカーに慣れてなくて、使い方がわからなかったのかも」

「でも、佐奇森さんより長く、ここにいるって言ってました。覚える暇はいくらでもあったはずですよね」

つまり、頭から自分がコーヒーを淹れるということが抜け落ちている人間だということだ。

「いい年をして、母親と同居という可能性もある……」

「そうですね。だとしたら、帰ってこなかったらお母さんが心配するわ」

桑島さんの推測が正しければ、蒲生は天涯孤独といった人間ではない。すぐに彼の身元はわかるだろう。

だが、わからないのが、なぜ偽の連絡先を記入したのかということだ。そうすることによって、なにかメリットがあったのか、それとも隠さなければならなかったのか。

ぼくは冷めかけたカフェオレを飲み干して言った。

「でも、大胆だよね。桑島さんはもうすぐ結婚するのに」

「絶対、嘘だって言って、信じてくれなかったわ」

そういえば、佐奇森と蒲生がそんな話をしていた。

桑島さんは立ち上がって、コーヒー豆をミルにセットした。豆を挽いてコーヒーメーカーに移す。「お代わりいりますか？」と尋ねられたので頷く。

桑島さんは、なぜかふふっと声を出して笑った。そして言う。

「まあ、嘘なんだけどね」

あまりにさらりと言われたので、聞き流しそうになってしまう。驚いて彼女の横顔を見つめた。

さっきまでの清楚で優しげな印象は、その笑顔にはなかった。

どう返事をしていいのかわからない。ぼくは少し情けないへらへら笑いを浮かべながら、すでに空になったカップに口をつけた。

彼女はまたぼくの向かいに腰を下ろした。

「ごめんなさい。嘘ついて。でも、全部嘘ってわけじゃないんです。ヒロのカフェで、和美さんと木崎くんに話したことは本当」

「あの、仕事を自分だけがやめるのが嫌だって言ってたことかい?」

そう言うと、彼女はわざと怖い顔をして見せた。

「嫌だなんて言ってないです。でも、少しは気遣ってくれたり、違うやり方を検討するふりくらいはしてほしかっただけ。そんなふうに簡単にまとめないで」

「ごめんごめん」

結局は嫌だということではないか、と思ったが、それを追及するのはやめた。女性と口論していいことなどひとつもない。

だが、それが嘘ではないということは、婚約しているというのも嘘ではないということになる。戸惑っていると、彼女が続きを話しはじめた。

「婚約していたのも本当です。でも、たぶんもう嘘になっている」

「どういうこと?」

お手上げだ。降参して説明を求めると、彼女は首をかしげて可愛らしく微笑んだ。

「わたし、彼に行き先を告げずにここにきたんです」

行き先も、旅行期間も告げずにきた、と彼女は言った。

知っているのは、仲のいい姉と少しの親友だけで、その人たちには「彼には言わないでほしい」と話したという。

「絶対に、もう見捨てられてますよね。婚約破棄ですよね」

少し投げやりにそう言う彼女を見て、ぼくは戸惑いを隠せなかった。

ぼくが彼女の婚約者ならば、自分が捨てられたと思うだろう。だが、彼女にはそんな自覚はないようだ。

「その……とんちんかんなことを言ってるのかもしれないけど」

「なんですか？」

「その彼にとっては、自分が見捨てられたと感じるんじゃないかな」

「どうして？　わたし、彼にはなんにも言ってないし、ここにきてからも浮気してませんよ」

「それでも……さ」

婚約までした恋人がいきなり行方不明になる。そんな事件に耐えられるほど強い人間はそんなにいない。

彼女はふっと息を吐いた。

「そうだよね。たぶん木崎くんが言うことが正しいんだと思う。わたしがおかしいの」

「いや、桑島さんを責める気はないけどさ……別れたいと思ってそういうことをしたんじゃないの？」

彼女は少し考え込んだ。

「そう……駄目になってもいいとは思った。たぶん、駄目になるだろうな、とか」

なら、なぜそんなことをしたのだろうか。積極的に別れたいというほど強い感情は、彼女からは感じられない。

彼女はまた小さく笑った。

「わたし、ずっとまじめないい子だったんです。中学、高校、大学と一度もトラブルも起こさなかったし、親を困らせたこともほとんどなかったと思います。そんな自分は嫌いじゃなかったけど、急に怖くなったんです」

彼女は一瞬黙って、また口を開いた。

「いい子じゃないわたしに、価値なんてないんじゃないかって」

ぼくの目の中で、桑島さんの顔が、幼い少女の顔と重なる。

——先生は早希がいい子だから好きなんでしょ。

十歳にしては大人びた、早熟な口調と、拗ねたような唇。何度も思い出して、草食動物のように反芻《はんすう》した彼女の顔。この世にこれ以上美しいものなどないと思った。

——そんなことないよ。もし、悪い子でも先生にとって村上は大事な子だよ。

そう言ったのに、彼女は一瞬たりとも信用した顔をしなかった。

そういうところ、早希は、十歳なのに大人の女のようだった。表面上は、勉強もできて、クラス委員もこなす、優等生にしか見えなかったのに。

「どうしたの？　木崎くん」

桑島さんに尋ねられて、ぼくは我に返った。

「いや……昔の生徒のことを思い出していた」

「あはは、生徒に似たようなことを言われたとか？」

返事に困る。ぼくの表情を見て、桑島さんはその指摘が正しかったことに気づいたらしかった。

「そうですよね。そういうのって、本当は小学生か中学生のときに済ませておかなきゃならない通過儀礼ですよね」

気を悪くした様子はなくて、ぼくはそのことにほっとする。

「でも、わたし、それを済ませずにきてしまった。だから、ここにきてちょっとおかしくなっちゃったんです」

コーヒーの最後の一滴が抽出される音がする。桑島さんは立ち上がって、サーバーを取り、ぼくのカップと自分のカップに注いだ。「ありがとう」と言うとにっこり笑う。

「わたしの友達で、ちょっと困った子がいるんです。性格はすごくいい子なんだけど、お酒が好きで、しょっちゅう酔っぱらって、月に一回はわけのわからない場所で目が覚めるらしいんです」

「わけのわからない場所?」

思い出したのか、彼女はくすくすと笑う。

「京都に住んでいるんですけど、多いのは滋賀とか福井とか。ともかく、電車に乗って寝ちゃうらしいんです。和歌山の新宮《しんぐう》あたりから彼氏に電話したこともあるそうです」

「それは……」

かなりの豪傑だ。新宮は行ったことがあるが、名古屋からでも遠かった記憶がある。

「でも、彼女の彼氏は毎回電話があると、そのたびに彼女を迎えに行くんです。だいたい、そこまで飲むのは金曜日か土曜日で、次の日は休みだから遠くまで彼女を迎えに行って、一緒に帰ってくるんです。好きじゃなきゃできないですよね」

「そうだね」

「それって、すごく愛されてるってことですよね」

確かに、その女の子のことがとても好きでないと、愛想を尽かしてしまうかもしれない。

「わたしはそんなことしたことない。ほとんどお酒も飲まないし。それに、そんなことをすると、彼は怒って、わたしのことを嫌いになるような気がする」

「そんなことは……」

ないと言おうとして口ごもる。桑島さんの恋人を知らない状態で、適当なことは言うべきではない。

「彼、わたしの服装にもすごくうるさいんです。一度、スカートとジーパンを重ねて着てたら、『ぼくはそんな格好は好きじゃないからもうやめてくれ』ってはっきり言われました。彼のことが好きだったから言うとおりにしたけど、やはりそれがいつまでも引っかかっていて」

彼女はほおづえをついて、窓の外を見る。

「わたしはちょっと変わった服を着ただけで文句を言われるのに、その友達は明け方、福井駅のベンチで目が覚めても笑って許してもらえる。なんか不思議」

冗談のように言うが、彼女の目は笑っていなかった。

「だから、好きなことをして嫌われたら嫌われたで、もういいと思ったんです」

そして、三ヶ月の間、日本を離れることにした。

どんなことばをかけるべきなのか、ぼくにはわからなかった。

彼女は肩の力を抜いて笑った。

「わかってます。わたしがわがままなだけだし、たぶん彼はそれを許してはくれない。でもそれでいいんです」

ずいぶん長く話し込んでしまった。ふいにドアが開く音がして振り返ると、洗濯物を抱えた和美さんが部屋に入ってきた。

少し意外そうな顔で、ぼくと桑島さんを見ると、そのまま通り過ぎていく。

なぜか後ろめたい気持ちになっている自分が不思議だった。

和美さんが行ってしまうと、桑島さんはまた口を開いた。

「蒲生さんのことですけど……」

「あ、ああ」

そういえば、もともとは彼の話だったのだ。

「実を言うと、だんだんエスカレートしてきて、怖かったんです。夜、部屋にやってこられたりもしました。和美さんに相談しようと思ったけど、人に言うことで彼が逆上してしまう可能性もあったし……」

そんなことがあったとは知らなかった。

「彼は、あと数日で三ヶ月になって、出て行かなきゃならなかったんです。だから、それまでうまくはぐらかせば、なんとかなるって自分に言い聞かせていました」

そこまで聞いて、ぼくははっとする。

穿《うが》った見方をすれば、彼女には蒲生を殺す動機があるかもしれないということになる。強引に迫られて、つい恐怖のあまり彼をプールに突き落としてしまったとか。

だが、あのプールは充分足がつく深さであり、突き落としたあとに彼が溺れたとしてもそれは他の原因による事故に過ぎないだろう。

彼女は下を向いてつぶやいた。

「このこと、警察に言った方がいいかしら……」

ぼくは考え込んだ。

もし、蒲生の死に不審なところがあるならば、警察はかならず動くはずだ。警察が事故死と判断したなら、それはたぶん事故死なのだろう。

だから言った。

「別にいいんじゃないか。関係あるとは思えないよ」

外出するという桑島さんと別れて部屋に戻ると、珍しく青柳が廊下に出ていた。

小脇にオートバイのヘルメットを抱えているところを見ると、彼もこれから出かけるらしい。ぴっちり首の詰まった長袖のシャツは、きっと日焼け対策だろう。最初に彼と会ったときのことを思い出す。あのとき、彼は日焼けしたくないと言って真夜中に泳いでいた。変わった奴だと思った。

それほど親しくはなれなかったが、彼の撮る星の写真だけは忘れられないだろう。

すれ違うときに声をかけた。

「珍しいな。こんな時間に」

彼は軽く肩をすくめた。

「本当は嫌だが仕方ない。夜にホテルの部屋を探すわけにはいかないからな」

やはり、彼は出て行くつもりらしい。なんとなく名残惜しい気がするが、引き留めるほどではない。彼には彼の好きにする権利がある。

「いい部屋が見つかるといいね」

そう言うと、彼はなぜか眉をひそめた。

「あんたはどうするんだ。まだここにいるのか？」

「うん、まさか蒲生さんが化けて出るわけじゃないしね」

少し不謹慎かと思ったがそう言うと、彼は急に怖い顔になった。

「わかってないな。俺だってそんなことを怖がっているわけじゃない」

「じゃあなにを？」

尋ねるが、彼はそれには答えなかった。

「悪いことはいわない。あんたも出て行った方がいいぞ」

ふいに既視感が起こる。以前、彼に同じように思わせぶりなことを言われた気がする。記憶をたぐり寄せるようにして思い出した。

――楽しみにしてろよ。きっとおもしろいものが見られる。

彼は間違いなくそう言ったのだ。今を逃したらもう聞けないかもしれない。そう思うと自然に口が動いていた。

「なあ、おまえの言ってたおもしろいものっていったいなんなんだ」

蒲生の死だとは思わない。まさかそんなにひどい人間ではないだろうし、青柳はあきらかに蒲生の死にショックを受けていた。予測していたようには見えない。

彼は顔をしかめて首を振った。

「忘れてくれ。あれは、俺の勘違いだ」

「勘違い？」

勘違いだとしても、その勘違いの理由を知りたいと思ったが、青柳はまったく説明するつもりはないようだった。ぼくを押しのけて歩いて行く。

ぼくは困惑しながら、彼の背中を見送った。

いったい彼はなにを知っているのだろう。そして、なにに怯えているのだろう。

ノックの音がしたのは二時を十五分ほどまわったときだった。

ドアを開けると和美さんが立っていた。彼女は新しいタオルとシーツを持っていた。

「シーツ替えなくていい？」

「じゃ、お願いしていいですか？」

自宅ではシーツなど、二週間か一ヶ月に一度しか洗わなかったから、数日放っておいたくらいでは気にならない。だが、ここにきて、ぼくはきれいにプレスされたシーツに寝る気持ちよさを知ってしまった。

部屋に入った和美さんはまずバスルームに行ってタオルを取り替えた。

バスルームから、彼女の声が聞こえてくる。

「淳くん、ナナちゃんと仲良く喋ってたじゃない」

ふたりっきりのとき、名前で呼ばれるのはいつものことだったが、彼女がそんな嫉妬めいたことを言うのははじめてだった。

「別に、単なる世間話ですよ」

桑島さんが蒲生に強引に迫られて怯えていたことを話そうか迷ったが、デリケートな問題なので口にするのはやめた。

和美さんはバスルームのドアにもたれて、こちらを見た。片手がまわりそうなほど腰が細く、脚が長い。

女性的な隆起には欠けるが、それでも彼女の身体はひどく美しかった。

余分な脂肪などついていないようで、抱きしめるとちゃんと柔らかい。服を脱がせば、日焼けをしていない部分は驚くほど白く、愛おしさが増した。

「だったらいいけど……いい雰囲気だったから」

ちょっと意地悪な気持ちになって言った。

「ぼくと桑島さんが仲良くなったらどうします？」

嫉妬してほしかった。彼女はどうやってもぼくのものにはならない人だから、少しくらいは心を揺さぶられてくれなければ、割に合わない。

恋愛や愛情が損得で計れるはずはないのに、ぼくはついそんなことを考えてしまう。

彼女は悪戯《いたずら》っぽく笑うと、ベッドに腰を下ろした。そのまま足先で、床に座るぼくのふくらはぎをつっと撫でた。

「こういうことはもうやめないとね。女の子を泣かせるのは嫌いなの」

失望を滲ませながらぼくは言った。

「焼き餅も焼いてくれないんですね」

「焼いてほしいの？　珍しいわね」

たしかにいきなり嫉妬をぶつけられると困惑しただろうが、少しも嫉妬してもらえないのもそれはそれで寂しい。見苦しいことはわかっているが、そう思ってしまう気持ちは止められない。

「年を取るとね。いろんなことに諦めがよくなるの」

あと二ヶ月半経って、ぼくがここを出て行っても、彼女にはなんの感慨もないのだろうか。だとすればぼくの存在意義というのはいったいなんなのか。

ぐるぐるまわる思考の中で、ぼくは気づく。何かに足を取られている。

すいすい泳いでいたつもりなのに、気がつけば藻のようなものが足に絡みついていた。

年上の女性と、距離を置きながらおいしいところだけをつまみ食いしているつもりだったのに、いつしか身動きが取れなくなっている。

しかも、やっかいなのはこんな状態になっても、ぼくは自分が彼女を本当に愛しているわけではないということだ。

それなのに、醜い独占欲とか愛情をむさぼる気持ちだけがふつふつと湧いてくる。

彼女はぼくの動揺に気づいていないのか、ひどく優しく笑った。

「じゃあ、ひとつ聞いていい？」

「なんですか？」

「サキってだれ？」

ぼくは呆然と、和美さんの顔を見ていた。なぜ、彼女がその名前を知っているのか、ぼくにはわからない。セックスをした後、少しだけまどろむことはときどきあったから、そのときに口走ったのだろうか。狼狽を押さえ込んでようやく答える。

「前の生徒です」

「あら、そうだったの？」

和美さんは拍子抜けしたような顔になった。

「そうです。十歳の女の子。クラス委員をやってた、まじめな子でした」

それなのに、すでにもう表と裏を持っていた。人のいないところでは、ぼくにしか見せないような顔をした。

「なんだ。てっきり彼女だと思ったわ。ほら、熱を出した日があったでしょう。あのとき、淳くんが何度も名前を呼んでたの。だから絶対恋人だと思った」

急に破れかぶれのような気持ちになる。死ぬまで誰にも話してはいけないと思っていたのに、ぼくはなぜか全部吐き出したい気持ちになっていた。

「彼女ですよ」

「え……だって……」

和美さんの顔が驚愕に歪む。その中に確実に嫌悪の表情を見て取って、そのことにマゾヒスティックな快感を覚える。

「結婚の約束もしました」

どうでもいいことのように付け加える。

「だから、教師を辞めさせられたんです」


誓って言うが、早希の身体に触れたことは一度もない。軽く、頭に手を置いたことは何度かあるが、それだけだ。彼女の髪は信じがたいような柔らかさとなめらかさでぼくの指に絡んできて、それだけで気が遠くなるようだった。

軽く背中に手を添えたり、肩を抱いたりすることは他の生徒にはできたが、早希にはできなかった。触れた手が、別の意図を持ってしまうことに気づいていたから。

担任になる前から、可愛い子がいるなとは思っていた。

早希は小学生にしては大人びた顔をしていて、どこか大人のような色香を滲ませていた。他の教員たちの間でも、彼女の美少女ぶりは話題になっていた。

成績もいいし、運動もそこそこなす。作文や区のかるた大会で賞を取ったこともある。

だが、彼女は生徒たちの中でいつも少し浮いていた。

優等生の女の子たちとは一緒にいて、苛《いじ》めの標的になっているわけではないが、それでも小学生の群れの中に、ひとりだけ中学生がいるようなそんな違和感を覚えずにはいられなかった。小学生たちは、たぶん彼女の孤独には気づいていない。

だが、異質さには気づいていた。早希と同じグループの子たちが、近くの文房具屋やキャラクターショップできゃあきゃあ言いながら買い物をしているのを見かけたが、早希は一緒にいなかった。学校にいる間だけのつきあいのようだった。

担任になってから、早希は急激にぼくに懐きはじめた。

放課後、用があって教室に残っているとき、彼女はいつも見張っていたように姿を現した。ぼくの前の机に腰をかけて、ハイソックスをはいた足をふらふらさせながら、とりとめのない話をするのだ。

そして、ぼくは彼女に恋をした。

それがよくないことだというのはもちろんわかっていた。だが、今まで交際した女の子、好きになったと思っていた女の子たちとの関係が、すべて紙切れのようにどうでもよく感じられるほど、その衝動は強かった。

これまで年端もいかない少女を性的対象に見たことはなかったと断言できる。そういうビデオやマンガなどに手を伸ばしたこともない。むしろ嫌悪を覚えていた。自分は性的にはノーマルだと信じ込んでいた。

なのに、彼女がぼくを見てくれないと、それだけでどうしようもないような渇きを覚えた。

『夏への扉』の中に出てくる冷凍睡眠の装置が羨ましかった。あの小説に描かれた時代はとっくに過ぎているのに、冷凍睡眠は未だに発明されない。

装置の中に入って、扉を閉めて十年間眠る。

そうすれば、早希は二十歳の大人の女になっていて、誰はばかることなく、抱きしめたりキスをしたりできるのだ。

あと六年と考えたこともある。六年間、我慢すれば最悪の背徳は避けられる。親の許可がもらえれば結婚することもできる。

たった六年だ。なんどもそう言い聞かせた。この背徳は、決して一生背徳のままではないのだ。六年間堪え忍べば公にしてもかまわない。

だが、それまでは絶対に誰にも知られてはいけない。

この感情が自分の身を滅ぼすことはわかっていた。親たちは、たとえ手を触れなくても子供に劣情を抱く教師の存在は決して許さない。だが、その時点では侮る気持ちもあったのだ。絶対に隠し通せる。誰にも知られることはない、と。

怖いのは、自分の本質が小児性愛者であることだけだった。大人になった早希を愛せずに、また別の子供を愛してしまうようだったら、どうしようもない。永久に心は満たされることなく、社会にとっては危険きわまりない人物になってしまう。

ぼくが愛しているのはあくまでも早希だ。彼女だから惹かれるのであって、子供しか愛せないわけではない。そう自分に言い聞かせた。

早希は、たぶん自分が愛されていることに気づいていたと思う。

あるとき、放課後の教室でぽつり、と言った。

「早希、先生のこと好きだな。先生のお嫁さんになりたいな……」

心臓が止まるかと思った。そしてすぐ、有頂天になった。

「ああ、大人になったらな」

「先生は、早希のこと好き？」

喉がひどく渇いた。水が飲みたいと思った。

「好きだよ。先生の大事な生徒だ」

そう言うと早希は不満そうな顔をした。

「先生は、早希がいい子だから好きなんでしょ」

だから言った。

「そんなことないよ。もし、悪い子でも先生にとって村上は大事な子だよ」

早希の目が驚いたように見開かれた。もしかして、そんなことを言われたのははじめてなのかもしれない。

教育という現場にいるとよくわかる。親も教師も「いい子でいなさい」というメッセージを送り続けている。それを「いい子でなければ価値がない」と歪めて受け取ってしまう子もたくさんいた。

「すごーく、悪い子でも？」

「ああ、すごく悪い子でもだ」

早希はなぜか泣きそうな顔をした。彼女の頭に触れてしまったのはそのときだ。水気を含んだようにしっとりしているのに軽い髪の感触は二度と忘れられないだろう。

それからしばらくは天国にいるようだった。

待つことはつらくない。なぜならこれは片思いではないのだから。

早希もぼくのことを好きでいてくれている。触れれば背徳だが、触れなければそれは純愛なのではないだろうか。そう信じ込んで舞い上がっていた。

自分の足下が崩れはじめていることに気づかずに。

ぼくがそこから足を踏み外してしまったのは、林間学校のときだった。カメラが好きで写真を趣味にしていたぼくは、教頭から頼まれた。林間学校中のスナップ写真を撮ってほしい、と。

　ぼくはデジタルの一眼レフと、もうひとつ銀塩の一眼レフを持って林間学校に出かけた。デジタルカメラで、生徒たちの写真を撮影し、ときどき銀塩を使った。

　それはぼくのほんのささやかな逸脱だった。デジタル一眼レフでは、なるべく多くの生徒たちを写した。データはそのまま学校に渡す約束だったから、ここで早希ばかりを撮影するわけにはいかない。だが、以前から早希の写真を撮りたくてたまらなかった。

　彼女の美しさは、今この瞬間も徐々に変化している。それをどうしても残したかった。

　傍目には、銀塩とデジタルカメラの使い分けはわからないはずだ。運がいいことに、教師たちはみんなカメラには詳しくないようで、一眼レフの扱い方すら知らなかった。

　だから、銀塩では早希だけを写した。

　早希の横顔、早希の笑顔、彼女が走る姿、それだけをフィルムに収めた。ぼくの宝物にするつもりだった。

「もちろん、慎重に注意を払ったつもりです。だから、現像に出すのも近所のカメラ屋ではなく、遠方のプロラボに出しました」

　ぼくは乾いた笑いを浮かべながら、これまでのことを話し続けていた。

「でも、悪いことはできないものですね。そこに、彼女の叔父が勤めていたんです」

叔父はもちろん驚いただろう。自分の姪の写真ばかり、しかも知らない男が持ち込んだ。調べればそれが、早希の担任教師であることが簡単にわかる。早希の親もそれを知って驚愕した。

両親にすごい剣幕で問い詰められて、早希は喋ってしまった。「先生とは結婚する約束をした」と。

もちろん、苦情はすぐに学校に持ち込まれた。「結婚の約束」だけならば冗談で終わったかもしれない。だが、大量に撮影した写真は、端から見てもおぞましく感じられるものだったはずだ。それはぼくも自覚していた。

それでも撮りたいという気持ちが抑えられなかっただけだ。

唯一の救いは、早希が「先生に触られたり、いやらしいことをされたことはない」と言い張ってくれたことだ。早希の両親は、「早希は怯えて本当のことが言えないだけだ」と思い込んだようだが、クラスの生徒たちにも話を聞いて、性的な接触は一切なかったことだけは学校側も信じてくれた。

だが、校長はぼくに言った。

「あの写真はまずかったよ。口約束だけならかばってやれたんだが……」

もしくはせいぜい一、二枚なら言い逃れができたかもしれない。ぼくはフィルム二本分も彼女の写真を撮っていた。三十六枚撮りだから七十枚以上。

ぼくはその写真を返してもらうことすらできなかった。ネガも手元にない。

ファインダーの中の早希は、とても可愛らしくて、それを思うとどうしようもないほど胸が締め付けられる。せめてネガだけでも返してほしいと思うのは、なにか感覚が壊れているからかもしれない。

「なによりつらかったのは、事件の後、早希の態度ががらっと変わってしまったことです。たぶん親にぼくのことをいろいろ言われて、怖くなってしまったのか、気持ち悪く感じるようになったのか」

事件の後、ぼくが学校を辞めるまでの間、早希の目はとても冷ややかなものに変わっていた。信用できない大人を見る目だ、と思った。

教師をやっていると、そういう目で見られることには慣れている。どんなに誠意を尽くしたつもりでも、伝わらないことは日常茶飯事だ。

ぼくははじめから間違っていたのだろう。写真を撮ったことが間違いではない。彼女に恋をしたこと自体が間違いだったのだ。だが、それでもぼくはブレーキをかけたつもりだった。もっと早くにブレーキをかければこんなことにならなかった、と言われても、それがどこなのかわからないのだ。

いきなり、強い腕に抱き込まれた。和美さんの細い腕が意外にも力があることに気づき、同時にぼくは、自分が泣いていることにも気づいた。

「少なくとも、淳くんが子供しか愛せないわけじゃないことは、わたしが知ってるわよ」

そう、それはここにきて与えられた唯一の救いだった。

自分よりも十五歳も年上の女性の身体に、ぼくは欲情することができた。それだけではない、ここにきてぼくは、それに執着しはじめている。

もしかしたらそれが新たに道を踏み外すことであっても。

そしてその夜、ホテルには別の訃報が届けられた。

青柳がバイクの事故で死んだという。

第五章

ずっと人の命は重いのだと信じてきた。

死は人生で最大の事件で、悲しみなのだと思っていた。だが、続けざまに起こった死はひどく軽く、ぼくの身体の中で空虚な音を立てた。

蒲生とも青柳とも、直接喋ったし、笑い合った。彼らに対して好感も持っていた。悲しんでもいいはずなのに、戸惑って立ちすくむだけだ。

それは旅先で同じホテルに泊まっていただけという関わりの薄さも関係しているのだろう。ぼくは青柳がどんなふうな日常を送っていたのかまったく知らない。

カメラは趣味だったのか、仕事だったのか。

日本でもあんなふうに、夜行性だったのか。星の写真を撮っていたのか、恋人はいたのか。

これまでは直接その人間を知っていれば、そんなことなどどうでもいいとどこかで考えていた。仕事や家族構成や趣味や金銭感覚で、人のことを判断する人間は愚かだと思っていた。

だが、結局はそんな小さな情報で、ぼくたちは他人のことを読み取り続けている。収入の大きさや、仕事の種類だけで判断することはしないものの、それらを積み重ねてその人を知るのだ。

だから、ほとんど情報が与えられないままでは戸惑うしかないのだろう。

青柳の死を伝えたのは、深夜の電話だった。

彼はすでにその日の夕方、ホテル・ピーベリーをチェックアウトし、ヒロの小規模なホテルに荷物を移していた。だからホテルには彼の物は一切残されていない。

ぼくたちが彼の死を知ったのは、翌朝だった。

起きて、一階の共有スペースに行くとあきらかにやつれた顔をした和美さんがいた。

「どうかしたんですか？」

「青柳くんがバイクで事故を起こして……亡くなったって……」

ぼくは息を呑んだ。

たった三日前、蒲生が死んだばかりだ。続けざまに起きる事件を心が受け入れられない。

「いったいどうして……」

「わからない。でも深夜にサドルロードを走っていてガードレールにぶつかったそうよ」

サドルロードはハワイ島を真横に横断する唯一の道だ。道路自体が波打つようになっていて、お世辞にも道がいいとは言えない。レンタカーは基本、通行できないと聞くから、事故が起こりやすいのだろう。

バイクは車と違って、衝突したり横転すると、身体がそのまま地面に叩きつけられる。高校の時の友人がバイク事故で命を落としたこともあり、ぼくにとってはあまり印象のよくない乗り物だった。

青柳にはサドルロードを走る理由がある。天体観測所のあるマウナケアに通じる道は、サドルロードから延びている。

和美さんは、やつれた顔のまま、スクランブルエッグを作り始めた。

しばらくして、桑島さんが二階から降りてきた。漂う空気に不穏なものを感じたのだろう。どうしたの？ と小声で尋ねる。

「青柳がバイク事故に遭ったって……」

「ええっ、それで怪我は」

「亡くなったらしい」

「嘘……」

彼女はそう言ったきり絶句した。和美さんが、ぼくのために焼いたベーコンとスクランブルエッグの皿を持ってきてくれる。スイートブレッドを焼いたものも、一緒だ。

桑島さんは椅子に腰を下ろして言った。

「ごめんなさい。わたし、朝ごはんいらないです。コーヒーだけで……」

和美さんは桑島さんの顔を覗き込んだ。

「大丈夫？　じゃあカフェオレにする？」

カフェオレだと少しはカロリーとタンパク質が摂れる。和美さんの気遣いだろう。

「すみません。お願いします」

重い空気が漂う。こんなに続けざまに事故が起こったのだから当然だろう。

だが、ぼくの中には別の疑惑が生まれていた。

本当に事故だろうか。

一歩譲って蒲生は事故かもしれない。だが、青柳はどうなのだろう。

もし、バイクになにか細工をしたり、彼に睡眠薬を飲ませることができれば、事故を装うことは不可能ではない。推理小説の読み過ぎかもしれないが、そんなことを考えてしまう。

なにより、引っかかるのは青柳がなにかを知っていたかもしれないということだ。

――おもしろいものが見られる。

彼ははじめて会ったときそんなことを言った。だが、蒲生が死んだあとに「勘違いだ」などと言って前言を翻し、逃げるようにこのホテルを去った。

あれは、自分が知っていることの危険さに気づいたからではないだろうか。

警察はどこまで怪しむのだろうか。ここは日本ではない。

単なる事故だと判断してしまえば、それ以上突っ込んで調べることはないだろう。蒲生の事故では、ぼくは警察に話すら聞かれていない。

同じホテルに泊まっていた外国人旅行者が、別々に事故に遭った。ただそれだけだと考えてしまうかもしれない。

青柳が、なにかを知っていたかもしれないことを話せば、警察は動くだろうか。一瞬、そう考えたが、自分から働きかけると考えると、一気に気持ちは萎える。

日本語は通じるのか、英語できちんと説明できるのか。

そして、それを話すことで、このホテルにいる人々が疑われることになったら。

そう、ぼくの疑惑が当たっているとしたら、このホテルにいる人が青柳を殺したかもしれないのだ。

佐奇森や桑島さん、洋介さんや和美さんが。

「木崎くん、食べないの？」

和美さんが、カフェオレを桑島さんの前に置きながら尋ねた。はっと顔を上げる。いつの間にか物思いに沈み込んでいたようだ。

「すみません、ぼうっとしていて」

冷めかけたスクランブルエッグを口に運ぶ。一緒に炒めたタマネギが甘い。食欲を感じないまま、機械的に口に運んだだけだったが、それははっとするほどおいしかった。

ふいに自分はまだ生きているのだと思った。

「木崎くん……」

桑島さんに名前を呼ばれて、ぼくは自分が涙を流していることに気がついた。

部屋に帰って、ベッドに横になった。眠くはないからぼんやりと天井を見つめる。まだ気持ちが落ち着かない。友達の死ならば、仲間内で話をしたり、葬儀に参列したりと、いろんな段階を経て受け入れていくものだが、恐らく蒲生も青柳も葬儀はこの国では行われないだろう。

たぶん遺体は日本に持ち帰られ、日本の身内の手で葬られる。それがいつになるかはわからないし、ぼくのところにはその知らせすらこないだろう。

通夜も葬儀も生きている人たちのためなのだとよく言われるが、その意味があらためてわかる。

死を悼む儀式や手続きがなければ、どんなふうに死を受け入れていいのかわからない。深い穴にいきなり突き落とされるような欠落感を、ぼくはもてあましている。

しかもぼくはふたりとも遺体を見ていない。

一瞬考えた。これは単にみんながぼくを担ごうとしているだけで、今夜、夕食を食べようと下に降りていけば、当たり前のようにふたりが座っているのではないか、と。

だが、青柳は特に蒲生とも、ほかの滞在客とも仲良くしていなかったように見えたし、ほかの誰も、そんな悪ふざけを企むようには思えない。

そんなことを考えてしまうのは、ただ、あまりにも続けざまに起こった事件に現実感がないせいだろう。

ドアをノックする音がした。

起き上がって、ドアを開けると佐奇森が立っていた。和美さんだと思っていたから、少しがっかりする。

「青柳の話を聞いたか？」

日焼けした顔はそれでもわずかに青ざめていた。ぼくは頷く。

「ナナちゃんも含めて少し話をしたいんだがいいか？」

「下に降りる?」

そう言うと、彼は首を横に振った。

「和美さんには聞かれたくない。俺の部屋にしよう」

ふたりで桑島さんの部屋の前まで行ってノックをした。幸い、彼女もまだ部屋にいた。

これまで彼女はあちこち出かけてばかりいたが、こんな事件が続くとさすがにそんな気分にもなれないのだろう。

「ちょっと話をしたいんだけど、俺の部屋で集まらないか?」

佐奇森がそう言うと、彼女は小さく首をかしげた。

「いいけど……コーヒーが飲みたいな」

「ぼくが淹れてくるよ」

そう言って階段を下りる。和美さんは買い物にでも行ったのか姿が見えない。

ピーベリーの入っているキャニスターを開けて、豆をミルで挽く。ころりとした丸い豆を見て、和美さんのことばを思い出した。

——なんか可哀想よね。ほかのコーヒーはふたつでひとつなのに、この子はひとりぼっち。

愛してはいないと今でも思っているのに、彼女の言ったことばのひとつひとつが、ぼくの中に引っかかって、騒ぎ出す。いろんな意味を持ち始める。

まるで彼女はコーヒー豆を擬人化するようにそう言った。

寂しいのは彼女なのだろうか。それともぼくか。

彼女は洋介さんの話をほとんどしない。彼は朝早くホテルを出て行って、夜に帰ってくる。彼女と洋介さんの間には愛情がまだあるのだろうか。

愛があれば、ぼくになんか手を出したりしない。そう信じたい気持ちもある。

彼女が人妻であることは分かっているし、洋介さんから奪いたいと思っているわけではないが、まるでつまみ食いのように関係を持たれるよりは、寂しいから求められる方がいい。

だが、一方で思う。和美さんは一度も、洋介さんの愚痴をぼくに言わない。それは愚痴ることがないからではないか。

ぼくがこれまで好きになった女の子たちは、みんなぼくに仕事や友達の不満を打ち明けた。それを聞いてもらうことが愛情の証拠でもあるかのように。

早希ですらそうだった。

彼女が机に座って、足をぶらぶらさせながら話すことは、父や母に怒られたことや、嫌いな英語教室の愚痴ばかりだった。ぼくはそれをいつも、幸福な思いで聞いていた。

挽いた豆をコーヒーメーカーに移してスイッチを入れる。

そういえば、恋愛関係ではない桑島さんですらそうだ。ぼくは彼女が抱いている不満や痛みを知っている。

だが、和美さんの痛みはぼくには見えない。

それは彼女が明るくておおらかだからなのか、それとも大人の女だからなのか。

抽出されたコーヒーがガラスのサーバーの中に落ちていく。

よくない兆候だ。ぼくは間違いなく苛立ちを覚えている。

和美さんにもっと求められたいと思い、それが思うようにならないことに焦れている。

彼女にとって、二十代のぼくは得難く貴重な男ではないのだろうか。ぼくと彼女の年齢差は、ぼくと早希より大きい。ぼくが早希を眩しく思ったように、彼女にもぼくに執着してほしいと考えている。

それが自分勝手な考えだということはよくわかる。もし、本当に執着されれば、ぼくはそれをうざったく感じたはずだから。

だが、和美さんを前にすると、ぼくはまるで自分勝手な子供のようになる。彼女の心にも身体にも自分に権利があるような気分になってしまう。

これまで自分が好きになった女性に対する思いと、彼女に対する思いはなぜかまったく違うのだ。

少なくとも今はそれを表面に出さないように抑えていることはできる。だが、いつそのバランスが崩れてしまうのかはわからないのだ。

いつの間にかコーヒーはサーバーに溜まっていた。それをサーモスのポットに入れ、琺瑯《ほうろう》のマグカップを三つ持って二階に上がった。

はじめて入った佐奇森の部屋は、少し広いツインルームだった。

鮮やかな赤のショートボードが壁に立てかけてある。メタリックレッドのスーツケースをテーブルのように置いて、ぼくたちはそのまわりに座った。

しばらく三人ともなにも言わなかった。しびれを切らしたように佐奇森が口を開く。

「なあ、これからどうする？」

「どうするって……？」

「なんか怖くないか？　このホテルにいた人が続けて事故に遭うなんて……ここに居続けていいのか迷ってるんだ」

マグカップで両手を温めていた桑島さんがぽつりと言った。

「青柳さんは出て行こうとして事故に遭ったわ」

佐奇森は顔をしかめた。

「おいおい、ナナちゃん。怖いこと言わないでよ」

彼のおどけた口調に、桑島さんは笑みさえ浮かべなかった。佐奇森はためいきをつく。

「俺もさ、帰るまであと十日なんだよね。最後にオアフで買い物でもしようかと思っているから、そろそろ出てもいいんだけど……」

ぼくと桑島さんはまだ二ヶ月以上滞在期間が残っている。

蒲生が死んだあと、和美さんは「出て行ってもいい」と言った。だから、今出て行っても彼女は怒り出したりはしないだろう。

「でも、蒲生さんと青柳さんってなにか関係があったんですか?」

桑島さんの質問に、佐奇森が鼻の頭を搔きながら答える。

「蒲生はなにも言ってなかったけど……だいたい青柳とは数えるほどしか話をしたことなかったし」

ぼくは疑問に思っていたことを尋ねた。

「佐奇森さんが、ここに到着したとき、前からの客って蒲生さんしかいなかったんですか?」

「ああ、なんかちょうど続けて滞在客が出て行ったとかで、蒲生だけだったよ」

「青柳さんがくるまではふたりだったんですか?」

「まさか。一週間くらいの期間で滞在してた客は何組かあったよ。青柳がくる前も、きてからも」

部屋は六室。蒲生が死ぬまではそのうち五室が稼働していたことになる。六室のうち、二室や三室しか埋まってなければあまりに稼働率が悪い。

蒲生の事件がなければ、もう一組、客がくるはずだったという話は聞いている。

「ただ、ちょっと気になることはあったんだ」

佐奇森は目を泳がせながらそう言った。話していいのかどうか迷っているようにも見えた。

「なんですか？」

「青柳は蒲生を避けているように見えた」

「蒲生さんを？」

思わず尋ね返すと、佐奇森は重々しく頷いた。

「夜、俺と会ったりすると、けっこう話しかけてくるんだけど、蒲生と一緒だとあからさまに避けるというか、関わりたくないと考えているように見えた」

たしかに、青柳はぼくには気さくに話しかけてきた。部屋に入れて写真も見せてくれた。言われているほどつきあいが悪いとは、ぼくには思えなかった。

「俺、けっこう蒲生とつるんでたからさ……青柳はあまり人と関わりたくないんだなと勝手に思ってたけど、あいつ、蒲生が死んでからは当たり前のようにダイニングにくるようになったし……」

「それ、わたしも思いました。これまでほとんど下で会うことなんかなかったのに、蒲生さんが亡くなったあとは、朝からテーブルに座っていて驚いたんです。ひとりでいるのが怖くなったのかなって勝手に解釈したんですけど」

青柳は、蒲生と面識があったのだろうか。蒲生は名前も住所も偽っていた。蒲生には知られたくないことがあって、それを青柳が知っていたのだとしたら。

だが、たとえそうでも蒲生に青柳は殺せない。彼の方が先に死んでいるのだから。

それとも、蒲生が死ぬ前に青柳のバイクに細工をしたのだろうか。

荒唐無稽なことを考える。

蒲生が青柳のバイクに細工をし、身の危険を感じた青柳が蒲生をプールに突き落とす。だが、バイクに仕掛けられた罠には気づかずに、そのまま乗ってしまって事故を起こしてしまったのかもしれない。

馬鹿馬鹿しい。ぼくはその発想を頭から追い出した。

だが、青柳がなにかを知っていたのは事実だろう。彼がぼくに言った思わせぶりな台詞がそれを証明している。

桑島さんが、空のカップをスーツケースの上に置いた。

「わたしはここにいます。なんかもう自分の家みたいな気分になっちゃったし……」

それはぼくも同じだ。出て行きたくないと心から思う。

だが、心配なのは和美さんだ。今朝、ひどく疲れ切った顔をしていた。しばらく休むなどと言い出さないかと不安だった。

「俺はもう少し考えてみるよ」

佐奇森はため息のような声でそう言った。

それから五日間、和美さんがぼくの部屋を訪ねることはなかった。

だが、ホテルがしばらく新しい予約を取ることをやめたという話は聞いた。事故が続いたことで、もう一件のキャンセルが入ったらしい。もちろん、それだけではなく事故そのものが彼女を憔悴させていることは間違いないだろう。

彼女を慰めたかったが、それすらなにか下心を感じさせるのではないかと不安になり、ぼくも遠巻きに見ることしかできなかった。

その日は朝から小雨が降っていた。午前中の遅い時間、ぼくは洗濯をしようと、汚れ物を持って下に降りた。

共同ダイニングの洗濯機前に、和美さんがいた。ドラム式の洗濯機から終わった洗濯物を取り出している。

和美さんが専用に使っている洗濯機も別室にあるが、洗濯物が多いときは同時にこちらの洗濯機も動かしているようだ。

「あ、ごめんね。もう終わったからちょっと待ってね」

薄い葡萄茶《えびちゃ》のタンクトップとはき古されたジーパンといういつもの格好だが、ただでさえ細い身体が、もっと痩せた気がした。首もとに浮いた鎖骨が痛々しい。

不思議だった。はじめは、痩せて色気のないおばさんだと思っていたのに、その身体に触れたことがあるというだけで、細すぎる腰も浮いた骨も、日焼けのしみですら愛おしく感じられる。

それは、この関係の危うさと、もうひとつは和美さんのそっけなさのせいでもある。

思わず言った。

「痩せましたね。ちゃんと食べてますか？」

彼女は洗濯物の入ったバケツを抱え上げて笑った。

「ありがとう。優しいのね、淳くん」

気遣いに気遣いで返されると、なにも言えなくなる。ぼくは結局、彼女を抱くだけで、ほかになにひとつ彼女のためにしてあげたことはない。

さっぱりとしていて心地よいと感じていた関係が、急にひどく寂しいものに思えてくる。

「毎日働いているじゃないですか。たまにはどこかに出かけませんか」

「家族経営のホテルなんてやってると仕方ないわよ。従業員を雇うほどの余裕はないし」

ぼくが手伝います、と言いかけたが、手伝えば一緒に出かけることはできない。ぼくは和美さんと一緒にドライブや食事に行きたかった。

それは思いやりのふりをした自己満足なのかもしれない。これまでほかの女の子にしてあげたようなことを、彼女にはなにもしていない。

そうすればなにか権利ができるというわけではない。だが、あとで思い出したときの胸の痛みは少し楽になるかもしれない。

「昼食でも食べに行きませんか?」

夜はさすがに無理だろうが、ランチを少し上等な店で食べるくらいはできるのではないだろうか。ぼくにもその程度の余裕はある。

彼女はくすりと笑った。

「ありがとう、でも大丈夫よ」

優しく突っぱねられたことに、ぼくは少し傷ついた。

「洋介さんはヒロでお店をやってるんですよね。定休日とかないんですか?」

彼も毎日出かけていく。昼間はほとんど家にいない。

「まだ開店したばかりだからね。もう少し軌道に乗ったら従業員を雇って休むことはできるかもね」

彼女の口調はまるで他人事だ。洋介さんに対する愛情を感じないと思うのは、ぼくの勝手な妄想ではないのかもしれない。

自然に口が動いていた。

「日本に帰らないんですか？」

彼女は驚いたように、ぼくの顔を見た。

「そうね……たぶんね」

返事はひどく軽かった。一生のことなのに、夕食のメニューについてでも話しているようだ。

ぼくにはわからない。どうして、そんなに簡単に自分の生まれた国を捨ててしまえるのか。この島はたしかにのんびりとしたいいところだが、骨を埋めたいとまでは思えない。

「もう十五年近くなるからね。わたしにとっては日本よりもハワイの方が自分の家って感じがするのよ」

そういうものなのだろうか。ぼくは納得できないまま、彼女の背中を見つめ続ける。

本当は聞きたかった。これからどうするのか。こんなことがあっても、ホテルを続けるのか。

そしてもうひとつ。ぼくのことをどう考えているのか。

わかっている。ぼくは彼女に甘えている。年上だからと母親のように一方的な愛情を注いでほしいと思っている。それに気づいているから言いたいことがそのまま口から出ない。

彼女は振り返らず部屋から出て行った。喉に苦い固まりがとどまっている気がした。

洋介さんがヒロの町でカフェをやっているという話は聞いていた。

そこに行ってみることに決めたのは、彼のことをもっと知りたかったからだ。佐奇森に聞いてみると、店の場所はすぐにわかった。さすがに、和美さんに直接聞くわけにはいかない。

「たしか、オープンして一ヶ月半くらいかな。俺が前に行ったときはオープンしたばかりで、ほとんど客はいなかったけど今はどうだろうな」

それを聞いて、少し驚いた。

「じゃあ、そのカフェを始める前は、洋介さん、なにをしてたんですかね。ホテルの仕事を？」

佐奇森は肩をすくめた。

「さあ、俺は知らないよ。俺がここにきたときは、すでに開店準備に入っていて、喫茶店の方にかかりきりだったからなあ」

その前のことを知る人間はいない。ふと、ぼくにここを教えた杉下なら知っているかもしれないと思ったが、わざわざ電話をして聞くほどのことではない。

佐奇森は思い出したように手を打った。

「明後日、チェックアウトするんだ。借りていた本を返すよ」

「ああ、ぼくも返さないと」

あれほど入れ込んでいた『夏への扉』を結局ぼくは、それほど読み返しはしなかった。冷凍睡眠でたどり着く未来よりも、終わりが少しずつ迫る今の方が、ぼくには重要になっていた。

「いや、あれはこのホテルに置いて帰るつもりだったからいいんだ。和美さんも日本語の本には飢えていると言ってたから、彼女にあげてくれ。どうせ、荷物になるし」

明日の夜、和美さんがお別れの食事会を開催してくれるという話を聞いてから、ぼくは佐奇森と別れた。

佐奇森がいなくなれば、このホテルはぼくと桑島さんのふたりしか滞在していないことになる。ムードメーカーの佐奇森がいなくなることを考えると少し気が重い。朝食は時間をずらせばいいとして、夕食はふたりでとることになる。

ヒロに出かけるために車のキーを借りた。一台しかないところを見ると、桑島さんはもう一台の車で出かけてしまったらしい。

洋介さんのやっているＷＡＭＩという名前のカフェは、ヒロの北側、海岸にほど近いところにあった。古い家を借りるか買うかして、内装だけ変えたのだろう。見るからに垢抜けない外観だが、テラスからは椰子の木と海が正面に見える。

見れば、店内は地元の人らしき人たちでいっぱいだった。繁盛しているようだ。

ぼくは唯一空いていたテラス席に腰を下ろした。

小柄で小太りの、地元の娘がオーダーを聞きにくる。メニューを見て、コーヒーとパンケーキを頼んだ。

ポリネシア系とも、日系ともつかない顔立ちをした若い娘だった。弾力のありそうな日焼けした肌、美人ではないが健康的な魅力があった。

カウンターの中には洋介さんがいて、ネルドリップでコーヒーを淹れていた。

振り返って見たぼくは、少し驚いた。彼は、ホテルで見かけるときと、まったく違う表情をしていた。

カウンターに座っている客と、冗談を言い合って笑い、オーダーを告げた先ほどの娘にもにこやかに頷いている。ホテルにいるときの無愛想な様子など、微塵も感じさせない。

客商売だから、普段の自分を隠して愛想よく振る舞っているのだろうか。だが、客商売というのなら、ホテルだってそうだ。いくら、和美さんがホテルを取り仕切っているといっても、彼もまったく関係がないわけではない。

愛想よくできるのなら、そうすればいいのに、と考える。

もしかすると、彼はホテルの仕事が嫌いなのかもしれない。このカフェは自分の店だから愛着があって、一生懸命接客するが、ホテルは違うのかもしれない。彼にとって、ホテルはあくまでも和美さんのものなのだろう。

そう考えなければ、彼の様子は納得できない。

もしくは、ふたりの夫婦仲はすでに破綻しているのかもしれない。

別れれば、和美さんはホテルを、そして彼はこのカフェを経営して生計を立てていくことになるだろう。結婚して取得した永住権は、偽装結婚でもなければ離婚して剝奪されることはないはずだ。

和美さんと洋介さんは結婚してすでに十年以上経っているはずだから、離婚したからといってとやかく言われることはないだろう。

もうすぐ別れて、関係がなくなるのなら、洋介さんがホテルの客に愛想を振りまく必要はない。この店が繁盛していれば、生活も問題ないだろう。

コーヒーとパンケーキが運ばれてきた。

ハワイ島にこれまで滞在して、外で飲むコーヒーをおいしいと感じたことは数えるほどしかない。コナコーヒーという高級コーヒー豆の産地なのに、カフェやレストランで出されるコーヒーは湯のように薄かったり、サーバーの中で煮詰まっていたりするものがほとんどだ。高級な店に行くと違うのかもしれないが、男ひとりでそんな店に入る機会も勇気もない。

だが、運ばれてきたマグカップを口許まで運んで驚いた。挽き立ての豆の香ばしいい匂いがする。

振り返ってカウンターを見ると、業務用のコーヒーミルがある。豆にもこだわって、挽き立てをネルドリップで淹れているようだった。これなら繁盛するのも当然だ。

パンケーキにナイフを入れる。塩気の強い生地は、間違いなくハワイ風だった。ハワイの人たちはパンケーキが好きだが、バターとメープルシロップをたっぷりかけたパンケーキにベーコンを添えて食べる。最初は、その組み合わせに驚いたが、食べてみて理解した。生地自体が日本のものと違い、少し塩辛いのだ。だからベーコンを添えてもあまり違和感がない。

パンケーキの大きさもハワイ式だ。コーヒーもおいしいし、これなら地元の人たちが通うのもうなずける。

ぼくには少し量が多く、三枚のうち二枚食べた時点でお腹はいっぱいになった。

もう少しコーヒーが欲しいな、と考えているときだった。コーヒーサーバーを手にした洋介さんが奥から出てきた。目が合うと、彼は驚いた顔になった。

「人が悪いな。声をかけてくれればよかったのに」

空いたカウンターに呼びつけられて、ぼくは高いスツールに腰を下ろした。居心地が悪くて尻がもぞもぞとする。

結局、偶然を装うことにした。普段と違う顔を見てしまったせいで、よけいに気まずくなってしまった。

洋介さんは、コーヒーのお代わりを淹れてくれた。まな板の上でパイナップルをさくさくと切り、それをガラス容器に入れて、ぼくの前に置いた。

「常連さんにもらったんだ。サービスだよ」

「すみません」

パンケーキで口が甘くなっているから、さわやかな果物はありがたい。フォークで口に運ぶと、瑞々しい果汁が口いっぱいに広がった。

洋介さんは、他の客とは英語でやりとりしている。発音はあきらかな日本語英語だが、ちゃんと通じているようだ。

ぼくも文法はわかるし聞き取りもできるが、発音がうまくできないのが恥ずかしくて、これまで積極的に喋ろうとはしなかった。だが、彼の英語を聞いていると、語学に大事なのは積極性だということがよくわかる。

「いい店ですね」

そう言うと、彼はうれしそうな顔になった。

「だろう」

近くで見ると、洋介さんは思ったより若かった。四十代には見えないが、単に外見が若く見えるのか、それとも和美さんが年上なのか。

思い切って尋ねた。

「ホテル、事故が続いて大変ですね」

彼の顔から笑顔が消えた。一瞬、言わなければよかったと思ったが、もう遅い。

「俺はいいよ。ホテルの仕事はそんなにしていないし、どうやっても事故は起こる。それが続いただけだと思っている。でも、和美が参っている」

さらりと彼は、和美さんのことを呼び捨てにした。それが当然だとわかっていても、ひどく不快な気がした。

「それはぼくも気づいていました」

言わなくてもいいことを言ってしまう。だが彼は特に邪推した様子はなかった。

「何十人も泊まっているようなホテルじゃないし、長期滞在客が多いから、どうしても家族みたいな気持ちになる。仕事でやっているだけだと割り切ればいいが、和美はどうしても入れ込んでしまうみたいだから」

彼は苦々しげな口調で言った。

だが、和美さんの人柄がホテルを居心地よくしているのも事実だ。押しつけがましくない程度の気遣いと、適度な距離感。もちろん、食事もおいしい。

ふいに、思いついて口にした。

「だから、一回だけなんですか?」

「一回だけ?」

「ホテル・ピーベリーは一回しか泊まれないって聞きました。リピーターはいないって」

なぜか洋介さんが驚いた顔をしたように見えた。だがそれはあまりに一瞬だったので、ぼくの見間違いかもしれない。

「ああ、入れ込んでしまうから、そうしたいんだと思う」

彼の口調を聞く限り、常連を受け入れないのは和美さんの意向らしかった。

少し不思議な気がした。和美さんがそんな人だとは思えなかった。常連客に囲まれて笑っているのが似合う人だ。

——長すぎる夏休みは人の心を蝕む。

杉下から聞いた、ホテルのオーナーのことばだった。なぜかそのことばと和美さんがしっくりこない。

もちろん、ぼくは彼女のすべてを知っているわけではない。

だが、もしぼくがホテル・ピーベリーをチェックアウトして日本に帰り、その数ヶ月後か数年後に戻ってきたとしたら、彼女は笑顔で迎えてくれるような気がした。突き放され、追い返されることなど想像もできない。

どやどやと数人の客が入ってきた。常連らしく、洋介さんと英語で話しはじめる。ぼくは席を空けるために、店を出ることにした。

さっきの女の子にお金を払ってスツールを立つと、洋介さんは軽く手を挙げてぼくを見送った。

車に乗って、エンジンをかけて気づいた。WAMIというカフェの名前は、和美さんの名前の読み方を変えたものではないだろうか。

だとすればふたりの夫婦仲は冷めてはいない。別れるかもしれない妻の名前をオープンする店につける人間はいない。

ぼくはアクセルを踏み込んだ。なぜそんなことに痛みを感じるのかがわからなかった。

帰り道に、明日の昼食べるためのベーグルやクリームチーズを買った。買ったものを冷蔵庫に入れようと、一階の共同スペースのドアを開けて戸惑う。テーブルに若い日本人男性が座っていた。色が白く、育ちがよさそうな顔をしている。新しい宿泊客だろうかと思ったが、彼はひどく険しい顔をしていた。目があってもにこりともしない。

ぼくはクリームチーズを冷蔵庫にしまった。和美さんが奥から紅茶のカップを持って出てきて、彼の前に置いた。

「すみません」

強ばった顔のまま、彼は礼を言った。奥の部屋に行こうとする和美さんの後をぼくは追った。

「誰ですか?」

和美さんは小声でぼくに囁いた。

「ナナちゃんの婚約者ですって」

「ええっ」

思わず大声を出してしまって、口を押さえる。桑島さんは彼には行き先を告げていないと言ったが、探り出して迎えにきたのだろうか。

「どうやら揉めそうね……」

和美さんは視線をテーブルの方にやりながら、小さくつぶやいた。

「桑島さん、携帯電話持ってましたっけ」

なにも知らずに帰ってきて顔を合わせるより、知らせておいて心の準備をした方がいいはずだ。だが、和美さんは首を横に振った。

「日本に置いてきたって言ってたわ」

婚約者に黙って出てきたというのだから、たしかに携帯電話を持ってくるはずがない。着信拒否にするより、忘れてきたという方があとあと揉めないだろう。

だが、そうなると桑島さんに知らせる方法はないことになる。

ぼくは和美さんの肩越しに、彼を観察した。

年齢はぼくと変わらないだろう。黒目が大きく、童顔で優しそうな顔をしている。ハンサムと言うより、感じのいい人と形容されそうなタイプだ。

車が敷地内に入ってくる音がした。彼がはっと顔を上げた。

窓から外をうかがうと、車から桑島さんが降りてくるのが見えた。彼女はそのまま階段を上がり、自分の部屋に戻っていく。和美さんがぼくに言った。

「ナナちゃんを呼んでくるわ」

和美さんがドアから出て行き、ぼくと彼だけが部屋に残された。なにか話しかけた方がいいかと思ったが、なにも話すことが思い浮かばない。

ミネラルウォーターを冷蔵庫から出し、グラスに注いで窓際まで戻る。同じテーブルに座る気分にはなれなかった。

今のうちに自室に帰った方がいいのかもしれない。修羅場を目撃するのは気が重い。

だが一足遅く、ドアが開き、和美さんと桑島さんが部屋に入ってきた。彼が立ち上がった。

「ナナ……」

桑島さんは目を伏せてつぶやいた。

「敏《さとし》くん、ごめん……」

彼は静かに首を振った。

「いいよ。許すから、一緒に日本に帰ろう」

ああ、駄目だ、と直感のように思った。彼が選ぶべきことばは、それではない。

桑島さんは顔を上げて、彼をまっすぐ見た。

「許す……？」

「そうだよ。もう怒ってない。だから支度をして帰ろう。ぼくの両親にも一緒に謝りに行こう」

桑島さんはぼんやりと彼の顔を眺めていた。小さく口を開く。

「別にかまわないわ」

「え……？」

「許してくれなくてもかまわないって言ったの」

彼女は強い視線で彼を見つめていた。

「なにを言ってるんだ」

「わたしはまだ帰らない。帰りの飛行機はもう取っているし、それは二ヶ月後なの。だから敏くんはひとりで帰って」

彼はまるで異星人を見るような顔で、桑島さんを見ていた。勇気を振り絞るようにして言う。

「駄目だ。帰るんだ。今だったらぼくの両親も許してくれるから」

「だから、許してくれなくていいって言ってるの！」

泣きそうな声で桑島さんが叫ぶ。

ぼくは彼女から聞いたから知っている。桑島さんは彼に一緒に立ち止まってほしかったのだ。彼が自分で当たり前だと信じているものを疑って、彼女の抱いている痛みを理解して、そのあとならば同じ結論にたどり着いてもかまわないと言っていた。

結婚することも、彼女が仕事をやめることも。

だが、彼にはたぶんそれがわからない。どうせ、同じ結論に達するのならばわざわざ考える必要などないと思っている。

彼女が結婚前にいきなり姿を消したことも、彼には彼女のわがままとしか見えていない。たとえそれがわがままだとしても、たぶん桑島さんは考えてほしいと思っている。なぜ、自分がそんなことをしたのか。

彼はしばらく黙っていた。やっと口を開いて、低い声で言う。

「結婚を取りやめるということなのか？」

最悪だ、それを彼から言ってはいけない。

桑島さんは口許を引きつらせて笑った。

「そうね。そういうことになるのかもね」

泥酔して意識をなくす友達の話を桑島さんから聞いた。

その子の恋人は、きっと彼女を許すか許さないかなんて考えたことはなかったはずだ。危険だという理由で怒るかもしれない。だが、それはその子を心配してのことだ。

自分の恋愛の危機はよくわからないのに、なぜ人のそれははっきりと見えるのだろう。

ぼくはおろおろしながら、すれ違うふたりの会話を聞いていた。

ふたりは薄氷の上を歩いていた。片方が作ったひび割れを、もう片方が踏み割ろうとする。

そっと壊さないように歩かなければならないのに、お互いが氷を踏み割ってしまえば、あとはもう粉々になるしかないのだ。

「頭を冷やして考え直せ！」

彼のことばに、桑島さんは冷笑した。

「考え直すことなんかなにもないわ」

そして、彼女は自分の手で恋の息の根を止めた。

「好きな人がほかにできたの」


彼が帰った後、桑島さんは自分の部屋に閉じこもってしまった。

夕食の時間になっても降りてこない。その時初めてダイニングにやってきた佐奇森にも不穏な空気は伝わったのだろう。「なにがあった？」と聞かれたので、桑島さんの彼氏が迎えにきたが、喧嘩別れになったことを話した。

佐奇森はためいきをつくように言った。

「ナナちゃんみたいないい子はそういないのになあ。無理に連れて帰ろうなんてせずに、話を聞いてやればいいのに。それでうまくいくことだってあるのにな」

意外に彼が本質を言い当てていることに、ぼくは驚く。ちゃらちゃらしているように見えて、気配りの人なのかもしれない。

「いい子の彼氏って、案外その子の価値をわかってないこともあるからね」

豚肉の生姜焼きとマカロニサラダをテーブルに置きながら、和美さんもそんなことを言う。

桑島さんが悪くないとは思わない。彼女だって、いきなりこんなに極端な行動に出ず、少しずつ不満を小出しにしていればよかったのだ。

いい子でいなければならないプレッシャーが、彼女にぎりぎりまでの我慢を強いたのかもしれない。ぼくも比較的、優等生を続けていたからその気持ちはわかる。

和美さんがお茶を注ぎながら言った。

「でも、ナナちゃんの好きな人って誰だろう」

なぜか佐奇森がぼくを見た。あわてて言った。

「ぼくじゃないですよ」

「そうかねえ。俺は木崎くんだと思うけどねえ」

「あ、わたしもそう思う」

和美さんまでそんなことを言う。

たしかに彼女の行動を見ていると、佐奇森ではないと思うが、かといってぼくだとも思えない。ぼくには打ち明け話のようなものをときどきするが、でもそれだけだ。いい雰囲気になったことなどない。

「ただのはったりだと思いますよ。ぼくは」

婚約者をあきらめさせるためだけに言ったことばのように、ぼくには思えた。

「そこまで言うかなあ……」

和美さんは首をかしげている。

桑島さんのようなきれいな子に好かれていると思うと、たしかに悪い気はしない。だが、ぼくは彼女が意外に複雑で、ややこしい女性だということを知ってしまっていて、それが気持ちにブレーキをかけている。

たぶん、こんなぼくの感情を桑島さんが知ると、よけいにショックを受けるだろう。彼女はいい子ではない自分には価値がないのかと悩んでいたから。

和美さんは少しも嫉妬するような様子を見せない。佐奇森の前だから、本心を隠していると思いたいが、ぼくのことなど本当はどうでもいいのかもしれないとも考える。

車の音がして、窓の外がライトに照らされた。

いつの間にか洋介さんが帰ってくる時間だった。それに気づいたのか、和美さんが笑顔になる。誰に見せるでもなく、だれかに向けるわけでもない自然な笑顔だった。

胸の奥がちりちりと痛んだ。

洋介さんは入ってくると、ぼくと佐奇森に軽く会釈をしただけで奥に向かった。昼間とはまるで別人だ。彼が消えると、和美さんが困ったように笑った。

「ごめんね、いつもあんなで……」

ふと不思議に思う。和美さんは、昼間の洋介さんを知っているのだろうか。

食事を終えて部屋に帰る。

ひとりになるとよくわかる。ここの夜はいつも、不安になるほど静かだ。

音楽やテレビをつけて、この静寂から逃れることもできるが、いつしかぼくは、この恐ろしいほどの静けさに親しみを感じるようになっていた。

世界にだれもいないような孤独感は、決して不快なだけのものではない。どこか安らぎを伴っている。

まだ眠くはないし、なにもしないでいれば青柳や蒲生のことばかり考えてしまう。

本でも読もうと思い、佐奇森から返してもらった本を手に取った。

ページをめくろうとすると、一枚の紙片が本の間から落ちた。コピー用紙のようだ。

なにげなく四つ折りになった紙を広げたぼくは、眉をひそめた。

パスポートのコピーだった。写真は佐奇森のものだ。たぶん、なにかの手違いで紛れ
込んだのだろう。

パスポートのコピーを取っていることは別に珍しいことではない。ハワイではクレジ
ットカードで買い物をするときに、少額でもパスポートの提示を求められることがある。

パスポート自体を持ち歩くのは不安だから、代わりにコピーを持ち歩く。

もし、パスポートを紛失したときにもコピーがあれば再発行はスムーズだ。

明日にでも佐奇森に返そう。そう思って紙を畳もうとしたとき、ぼくの目はある一点に吸い寄せられた。

名前の欄には、HONDA　TAKATAROと書かれていた。佐奇森真という、ぼくの知っている名前ではない。

桑島さんから聞いた。死んだ蒲生がこう言っていたと。

このホテルの客はみんな、嘘をついてる。

第六章

暗闇の中で、ずっとぼくは考え続けていた。

偽名を使っている以上、佐奇森と蒲生がまったく無関係だとは考えにくい。そして、佐奇森が、今まで見てきたような、飄々《ひょうひょう》としたマイペースなだけの男だとも。

ただ、偽名を使っていただけで、蒲生と青柳を殺したと決めつけることはできない。タイミングこそ不自然だが、あのふたりの死因は事故である。その死自体に不自然なことはないはずだ。

だが、それならば、なぜ佐奇森は偽名など使っているのだろうか。本名で泊まれなかった理由はなんなのだろう。

問い詰めればわかるかもしれないと思うが、心の奥でもうひとりの自分が言う。

——関わり合いになるのはよせ……。

このままそっとしておけば、明後日、佐奇森は出て行く。そして、この先もう二度と会うことはない。

もし、佐奇森が殺人者でも、ぼくがなにも知らないふりをしていれば、ぼくまで殺そうとは思わないだろう。だが、もし、ぼくが彼の本名を知ったことに気づけば……。

ぼくは身震いをして壁の方を向いた。

そんな危ない橋を渡る理由などない。

そして、佐奇森が殺人者でなければ、偽名くらい放っておけばいい。公的文書を偽造したというわけではあるまいし、名前くらい好きなようにすればいいのだ。

どっちにせよ、わざわざこのコピーを彼の前に突きつける必要はなかった。リスクのみがいたずらに大きく、得られるものはほとんどない。

ぼくが蒲生か青柳とつきあいが深く、彼らのうちどちらかに友情を感じていたというのならともかく、ただ同じホテルに滞在して、何度か会話を交わしただけの知り合いだ。

青柳の撮影した、星の写真を思い出す。

星の描く軌跡がフィルムに焼き付けられた写真だった。胸がぎゅっと締め付けられる。

星の持つ明るさも、光の色も、空を見上げるよりはっきりとわかった。

この島の星は、ただ空を見上げるだけで、世界でいちばん美しいと言われているのに、彼はそれだけでは飽き足らなかったのだろう。

マウナケアには行きたいと思って、そのままになっている。まるでスキーをするか、オーロラでも観賞するときのような装備で行かなければならないと聞いて、二の足を踏んでいた。キラウエアでひどい風邪を引いてしまったせいもある。あそこの寒さが頭に焼き付いてしまって、どうも寒い場所には足が向かない。平地にいる限り、この島の気候は温暖で心地いい。朝方や夜に冷え込むことはあるが、暑すぎることも寒すぎることもない。それに慣れてしまうと、あえて寒いところに行きたいとは思わなかった。

まだ時間があると考えていたこともある。

ふいに、早く行きたいところに行っておいた方がいいかもしれない、と思った。まだ、ぼくがここにきてから一ヶ月も経っていない。あと二ヶ月は滞在を続ける予定だ。

なのに、ひどく胸騒ぎがするのだ。

事故が続いたせいか、予約の電話もかかってこない。このままでは営業が立ちゆかなくなるかもしれない。

もちろん、ぼくの帰国便は二ヶ月後で、格安チケットだから変更はできない。だが、このホテルを追い出されたあと、他のホテルを探してまで、この島にとどまりたいというほどの強い気持ちはない。

航空券自体は、十万円もしない。泊まるホテルにもよるが、滞在を切り上げて早く帰るほうが安くつくはずだ。

ふいに、ドアがノックされた。

ぼくは弾かれたようにベッドから起き上がった。佐奇森が、パスポートのコピーを挟んだまま、本を返したことに気づいたのか。

だが、すぐに気持ちを落ち着ける。

気づかないふりをすればいい。コピーはすでにさきほどの本の中に戻している。それに返してもらった本を、すぐに読むとは限らない。

ノックはまた繰り返された。

「木崎くん、寝た?」

聞こえてきたのは、桑島さんの声だった。

ぼくは戸惑いながら、ドアに近づいた。

「いや、まだ、起きてるけど……」

「ごめん、ちょっといいかな。話があるの」

ドアを開ける。ウールのカーディガンの前を合わせた桑島さんがそこにいた。下は部屋着のようなワンピースを着ている。

「えーと、どうしよう。下に行く？」

部屋の中に入れると、下心があるように思われる気がして、ぼくは一応そう言った。

桑島さんがくすりと笑った。

「あんまり人に知られたくないの。部屋に入れてくれる？」

どきり、とした。

「い、いいけど……」

ドアを開けると、彼女は臆することなく中に入ってきた。

――好きな人がほかにできたの。

昼間の桑島さんのことばが頭の中に響く。

まさか、ただの自意識過剰だ。

婚約者と別れたばかりで、好きな男性の部屋に忍んでくるほど、彼女が放埒《ほうらつ》な女性だとは思えない。ぼくの部屋にきたということは、ぼくを男扱いしていない証拠ではないか。

どこに座ろうか迷っている様子だったから、彼女に椅子を勧めて、ぼくはベッドに座る。

「どうかした？」

「謝ろうと思って……昼間はごめんなさい。いやなところ見せてしまって」

「そんなのは別にかまわないよ。ぼくになにか実害があったわけじゃないんだから」

彼女は目を伏せた。フロアライトのオレンジが彼女の頰を照らして、昼間よりもきれいに見えた。

彼女が話を続けないせいで、よけいにどぎまぎしてしまう。ぼくはわざと明るい声を出した。

「あんな言い方しなくてもいいのにね」

「え？」

桑島さんは驚いた顔でこちらを見た。

「ほら、彼。あんなふうに上から物を言うんじゃなくて、もっと桑島さんの話を聞いてあげればいいのに」

彼女は前屈みになって手を組んだ。

「木崎くん、いつもちゃんと話を聞いてくれるよね」

そう言われて、今度はぼくが驚く番だ。

「いつも口を挟んだり、わたしの言うことを否定しないで、ゆっくり聞いてくれる。それに説教じみたことは言わない。そんな男の人って珍しい」

「そ、そうかな」

「そう。男の人って、勝手にわたしのことを分析して、説教して、それでわかったような気になってる人が多い。彼だけはそうじゃないって思ってたけど……」

彼女は息を吐くように笑った。

「気づくのが遅かったみたい。わたし、のろまだから」

「そんなことないよ」

ぼくの知る限り、彼女は賢い女性に見えた。人を無闇に傷つけたりせず、波風を立てたりもせず、わがままも言わず。

だが、だからこそ、不満を口にできずにくすぶらせてしまったのかもしれない。もし、彼女の言う「のろま」がそういう意味なら、彼女の言いたいこともわからないではない。

「のろまだわ。本当はもうとっくに、無理だとわかってたはずなの。それなのに、『嫌いになったわけじゃない』とか『時間が欲しいだけ』とか理由をつけて、答えを出すのを先延ばしにしてたの。そのせいで、彼にも迷惑をかけたわ。もっと早く別れを告げていれば、婚約破棄なんてみっともないことしなくてすんだのに」

だが、先延ばしにすることで「別れない」という答えが出ることもあるのではないだろうか。

こと、男女関係においては、決断が早いことは決していいことばかりではない。レストランでメニューを決めるのとは違うのだ。

ぼくはどちらかというと、早く音を上げてしまう方だった。

高校生のときつきあった幼なじみとも、大学に入ってからの恋人たちともずっとそうだ。ぼくから別れは告げない。だが、相手のほうがぼくに不満そうなそぶりを見せ始めると、それ以上関係を修復することをやめてしまうのだ。

片方が修復することをやめた関係は、簡単に破綻していく。彼女はぼくのそんな様子により失望して、ぼくに別れを告げる。

ぼくが、もう少し辛抱強く、そして決断が遅かったら、つきあったうちのだれかと結婚していたかもしれない。どの子も、いい子たちばかりだった。

そして、早希と出会って惹かれても、きちんとその気持ちを抑え込むことができて、まだ教師を続けていたかもしれない。

もし、パラレルワールドというものがあって、そういう人生を送ったぼくがいたのなら、そのぼくは今のぼくよりもずっと、人生に希望を持っていただろう。胸苦しさに眠れなくなることも、絶望に押しつぶされることもなかったはずだ。

なのに、今となってみれば、そんな人生は欺瞞に満ちたものとしか思えない。

桑島さんは、前髪を軽くかきあげた。

「面倒くさい女でしょ」

その質問に、ぼくは口ごもった。

そうではない、と答えるべきなのに、うまいことばが見つからない。桑島さんは声を出して笑った。

「木崎くんって正直」

「ごめん」

「ううん、いいの。だって、本当のことだから」

「だって、みんな面倒くさいからさ。ぼくだって面倒くさいよ」

「面倒くさい人間じゃないと、こんなところにこないわよね」

ただの観光旅行ではない。小さな島に三ヶ月だ。オアフ島のように娯楽施設がたくさんあるわけではなく、あるのは自然と心地好い気候と、そして満天の星。

もちろん、ゴルフコースなどもあるようだが、そんなものには興味はない。

桑島さんは指を組み替えて話し続けた。

「蒲生さんも青柳さんも、面倒くさそうな人だったし、一見、マイペースなように見えた佐奇森さんだって、本当はどうかわからないし」

ぎくり、とする。平静を装って尋ねた。

「どうしてそう思うの？」

「佐奇森さん、サーフィンしにきたって言ってたけど、サーフィンならオアフ島や他の島のほうがずっと向いてるの。ハワイ島を選ぶ人は珍しいわ」

サーフィンのことなどぼくはわからない。だが、彼女がそう言うからにはそうなのだろう。

桑島さんが頬杖をついてぼくを見た。後れ毛が頬にかかって、ひどく色っぽい。

ぼくはどぎまぎしながら視線をそらした。

「ねえ、木崎くん。誰かを本気で好きになったことってある?」

そのとき、ぼくの頭に浮かんだのは、過去の彼女でもなく、和美さんでもなく、やはり早希の顔だった。

それを知られれば軽蔑されるだろう。だが、誰にも人の心はのぞけない。ぼくは早希を失い、仕事を失い、まわりの人に冷たい目で見られたが、だがそれでも早希の思い出を胸に抱いていくことはできる。

それは誰にも邪魔することはできないし、裁くこともできない。

ぼくは答えた。

「あるよ」

「その人と今でもつきあってる?」

ぼくは首を横に振った。

「いいや、たぶんもう会えない」

「ロマンティックなんだ」

そうかもしれない。早希のほうはたぶん、ぼくのことなど記憶の隅っこに押し込んでしまうだろう。トラウマを与えるようなことをしていないのは、今となっては救いだった。

大人になり、目の覚めるような美人になり、そして別の男と知り合って結婚する。ぼくが彼女の人生に関わることはもう二度とない。

それは絶望なのに、どこか甘かった。

桑島さんは、足を揺らすと、驚くべきことを言った。

「ねえ、じゃあ、和美さんのことは?」

ぼくはしばらく、間抜けな顔をしていたと思う。

口をぽかんと開けて、桑島さんの顔を凝視して。

「どうして……」

「どうして気づいたかって? そりゃあわかるよ。一つ屋根の下にいるんだもの」

ぼくはひどく狼狽して、視線をそらした。

だとすれば、他の人にも知られていたという可能性もある。もしかすると洋介さんにも。

「木崎くん、和美さんのことばかり目で追ってるんだもの。誰だって気がつくわ」

「ぼくが?」

そんな覚えはまったくない。だが、和美さんのことを見ないようにしようと心がけたこともない。見ていると言われたら反論はできない。

桑島さんは、ぼくの顔を見ないままで言った。

「ねえ木崎くん、和美さんのこと、好き?」

「うん」

自然に返事が出たことに、自分でも驚いた。

嘘をついたときや、適当に話を合わせたときの、口の中が粘っこくなる感じは少しもなかった。それでやっと気づいた。

自分が和美さんに本当に惹かれていることに。

このホテルを去りたくないのも、このホテルが営業を取りやめることに怯えるのも、そこで彼女とのつながりが、すべて途絶えてしまうからだ。

永久に一緒にいられるわけではないことは、最初から気づいていた。

だができる限り長く、ほんの少しの期間でも今のままで、彼女と関わっていたかった。

少しそっけなくて、でも優しいことばと振る舞いに、接していたかった。

「これからどうするつもりなの」

「……わからない」

情けない答えだと思うが、事実だ。それ以上のことはぼくは言えない。旅先のラブ・アフェアだと割り切って、おいしいところ取りをして、帰ったら忘れてしまえるものだとばかり思っていた。なのに、今はそう思っただけで腕を切られるかのように心が痛む。失いたくなかった。

早希のことはたしかに愛していた。だが、それは一方通行でしかない思いだった。早希はぼくのお嫁さんになりたいと言ってくれたが、それに有頂天になりながら、一方でぼくはその約束になんの重さも効力もないことに気づいていた。

十六歳になれば、というのがぼくの儚い希望だったが、十六歳になった彼女がぼくを受け入れてくれる保証などないことも知っていた。

十代の女の子たちは、信じられないほどのメタモルフォセスを見せる。だが、それは男を魅了してやまない身体の変化だけではない。

心も簡単に変わってしまう。慕われていたはずの女の子から、ある瞬間からひどく嫌われはじめるということだって、あるのだ。

和美さんとのことは、ぼくにとって初めての経験ばかりだった。

機嫌を取らなくていいことも、気を遣わなくていいことも、そして心まで抱きしめてもらえることも。

早希のことを打ち明けたのも彼女がはじめてだ。彼女は一瞬驚いたものの、ぼくを責めたり、激しい嫌悪感を見せたりはしなかった。痩せた胸には豊かな弾力こそなかったが、ほのかな柔らかさがあって、それは彼女の押しつけがましくない優しさにとても似ていた。

だが、結局のところ、ぼくたちの関係は静かに終わるしかないのだろう。

彼女は日本に帰らないと言いきった。ぼくがここで、仕事を探すことは不可能だ。

そう考えたぼくは、もう一度自分に問いかける。

——本当に不可能なのか?

困難ではあるが、不可能ではない。足りないのはぼくの情熱だけだ。

ぼくは言った。

「和美さんには洋介さんがいるから……」

ＷＡＭＩという店の名と、あの店で見せた人懐っこい笑顔。ぼくにとって、洋介さんは単なる書き割りから、実体を持った人に変わっていた。店になど行かなければよかったと今では思う。

「和美さんと洋介さんって、夫婦の匂いがしないわ。うまくいってないような気がする……」

桑島さんのことばにぼくははっとする。

それはぼくにとって、ひどく心地いい囁きで、そのまま鵜呑みにしたくなる。

「そうかな……洋介さんはいい人だよ」

「いい人同士でも、うまくいかないことっていくらでもあるわ」

そうだ。心の中のぼくが桑島さんに同調する。

洋介さんとうまくいっているのなら、ぼくに手を出すはずなどない。ぼくが強引に迫ったわけでも、関係を強要したわけでもない。

「彼女は、日本に帰るつもりはないと言ったよ」

「木崎くんが、『一緒に帰ろう』って言ったの？」

ぼくは首を横に振る。

「そうは言っていないけど……『帰らないんですか？』と聞いた」

桑島さんの目が一瞬、冷ややかになった気がした。

はっとする。結局、ぼくは流されて、ただ心地いいからという理由で和美さんに甘えているだけだ。

桑島さんはそんなぼくを頼りないと思うだろうし、当の和美さんだってそう感じるだろう。

そんな状況で「日本に帰ってもいい」なんて言うはずはない。

桑島さんはまた目を伏せて口を開いた。

「木崎くんは、和美さんのことをあきらめているのかもしれないけど……和美さんもあきらめてるんだと思う……」

そうかもしれない。だから期待するようなことも、この先のこともなにも言わないのか。

さっき、ぼくには桑島さんと婚約者の関係がクリアに見えた。ふたりの運命を分けるひとことも。

桑島さんには同じように、ぼくと和美さんの関係が見えるのだろう。ぼくたちが陥りそうな落とし穴も。

ぼくはただ、和美さんになにかをしてあげたかった。

つかの間の楽しい思い出でも、希望でもなんでもいい。このままだと、彼女を思い出すときに、痛みと罪の意識しか感じられない気がした。

桑島さんは椅子から立ち上がった。

「じゃあね。今日は本当にごめんなさい。話聞いてくれてありがとう」

「いや……ぼくはなんにも」

彼女は軽く手を振ると、部屋から出て行った。

ぼくはベッドに座ったまま、閉じたドアをじっと眺めていた。

その日、ぼくがようやく眠りについたのは明け方で、そのせいか昼過ぎまで眠りこけてしまった。

ドアのノックの音で、目を覚ます。寝癖をなおす間もなく、そのままドアを開けると和美さんが立っていた。

「まだ寝てたの?」

ちょっと責めるような声で言われる。和美さんはいつも、朝六時に起きて働いている。ぼくなど相当な怠け者に見えるだろう。

「具合でも悪いの? 大丈夫?」

「あ……平気です。なんかいろいろ考えはじめたら眠れなくて……そのせいで寝過ごしてしまいました」

「いろいろあったものね。シーツ替える? 掃除もしばらくしてないし」

「お願いできますか?」

彼女は手際よく、バケツや掃除機、替えのタオルやシーツなどを部屋に運び込む。

和美さんはまず、バスルームに入っていった。

水音が響きはじめ、なにかを磨くような音や、片付けるような音が聞こえてくる。どこか眠気を誘うような音だった。

思い出す。子供のとき住んでいたのは、2DKの狭い団地だった。母が風呂掃除をはじめると、薄い壁越しにこんな音が聞こえてきたものだった。

あそこまで時間を巻き戻せたらどんなにいいだろう。

同じ過ちはもう繰り返さずに。今度はもう自分を傷つけるものには近づかない。早希とも距離を置いて、道を踏み外すことなどしない。

だが、同時に気づく。

それができるとしたら、ぼくの記憶は今のままだということで、今更うまくやれたところで、空虚さはそのままだろう。記憶が消えてしまうのなら、同じ過ちをしない保証はない。

空想の中ですら、世界は思うままにならない。

気がつくと、和美さんがバスルームから出てきて、ぼくのベッド脇に立っていた。たまらない衝動に駆られて、ぼくは彼女に手を伸ばす。

「今日は駄目」

ひどく優しく手を押し戻される。そう、彼女の拒絶はいつも優しい。もしかすると、受け入れてもらえるときよりも。

「このあと、用があるの。青柳くんのご両親がお見えになるの」

ぼくは驚いて手を引っ込めた。彼女がくすりと笑う。

「遺体を引き取られて、帰るそうよ。亡くなる前まで彼がいた部屋を見たいとおっしゃったの」

そう言われては、これ以上彼女に不埒なまねを仕掛ける気にはなれない。

だが、その死の匂いがぼくの背中を押した。

「和美さん」

「なあに？」

手際よく枕カバーを付け替える彼女に言った。

「ぼくと一緒に日本に帰りませんか」

彼女の手が一瞬だけ止まった。

「ぼくは、あなたを失いたくない」

それは嘘でも建前でもない。ぼくの本音だった。愛しているのかどうかまではわからない。旅先の気まぐれかもしれない。

だが、彼女を失いたくはなかった。もがれたあとの傷口がどのように痛むかまで、リアルに想像できる。

ぼくはもうこれ以上傷つきたくはないのだ。

和美さんはかすかに口許をほころばせた。

「ありがとう。うれしいわ」

一瞬、期待したのに、彼女は首を横に振った。

「でも駄目。ごめんなさい。できないわ」

――ああ、やはり。

誰もぼくを本当に受け入れてはくれないのだ。

「洋介さんがいるからですか」

「そう。もちろんここも好きだけど、それが大きな理由だわ」

なら、どうしてぼくに手を伸ばしたのか。優しく抱きしめたりしたのか。

わかっている。彼女は結婚の約束で、ぼくを騙したわけではない。愛を囁いたわけでもない。つかの間の快楽を共有し、いい思いをしたのはぼくも一緒で、ぼくだけが傷ついたと言い募る権利はない。

節度を失い、溺れ込んだのはぼくの過ちだ。

だが、うまくやれると思ったのだ。ぼくも、彼女も傷つくことなく。

「ねえ、シーツを替えるわ。ベッドから立って」

そう言われて、ぼくは大人しくベッドから立ち上がる。だが次の瞬間、どうしようもなくつらくて、彼女を後ろから抱きしめた。

彼女は今度は拒みはしなかった。

ただ、うまくいっていたときはあたたかく柔らかく感じられた細い身体は、まるで骨だけを抱いているようにひどく味気なかった。

それでもぼくは彼女を強く抱きしめた。彼女を抱いていなかったら、ぼくがばらばらになってしまいそうだった。

「ごめんね。淳くん。傷つけるつもりはなかったの」

そう、それは彼女の本音だろう。

優しくしてもらえたこと、抱きしめてもらえたこと、欲望を受け止めて楽しんだことを感謝するべきで、彼女を恨むべきではない。そうわかっているのに、心が言うことをきかない。

ぼくが最初から愛情を口にしたり、溺れ込む様子を見せなかったこともいけなかったのかもしれない。

はじめから、ぼくたちの間にあったのは共犯者の空気だけだった。

ぼくは一度も彼女に愛しているとは言わなかったし、彼女だってそうだ。大人同士の後腐れのない関係のつもりだった。当のぼく自身ですらそうだ。

だが、愛してはいけないなんて、誰にも言う権利はない。

和美さんは、またひどく優しくぼくの手を押しのけようとした。

「ねえ、淳くん。時間がないの」

「わかってます。でももう少しだけ」

そのくらい、ぼくの願いをかなえてくれてもかまわないではないか。

その日は結局、ホテルで過ごした。

青柳の両親がやってきた気配には気づいていた。見たことのないレンタカーが停まり、和美さんと誰かが喋っている声が、廊下から聞こえてきた。

彼らは一時間ほどホテルに滞在し、そして帰って行った。

ぼくが呼び出されることもなく、なにか問い詰められることもなかった。

もし、呼び出されたらこう言おうかと思っていた。

「青柳くんが撮った写真は、とても素晴らしかった」

だが、すぐに思い出す。告げなければならないことはほかにある。

——おもしろいものが見られる。

——忘れてくれ。あれは、俺の勘違いだ。

あの会話はどう考えてもおかしい。それに青柳の両親は知っているのだろうか。

青柳の死の二日前に、このホテルで別の人物が死んでいて、しかもいまだに彼は素性がわからないのだと。

和美さんは話すだろうか。少し考えてぼくは結論を出す。

ぼくが彼女なら話さない。自分のホテルの評判をさらに下げるだけだし、ただでさえ、意気消沈している両親に、こんな話を聞かせていいことなどない。

だが、話すべきではないだろうか。どう考えても不自然な出来事だ。

そう考えているうちに、車が出て行く音が聞こえて、青柳の両親が帰ったことがわかった。

これで、青柳とぼくを繋ぐ糸も完全に切れてしまった。

その日の夕食は、佐奇森の送別会だった。

食卓には、和美さんの心づくしの料理が次々と並べられた。

パイに包まれたクラムチャウダー、オーブンで焼かれたローストポーク、パスタはミートソースと、アンチョビソースの二種類がある。

カリフォルニアワインも二本、並んでいる。

食後には手作りのアイスクリームも用意されていると聞いた。

そういえば、こんなふうに滞在客と別れるのははじめてだ。

蒲生も青柳も、事故死によって別れることになった。

あらためて考えるとやはりおかしいと感じるが、それを断言する勇気もない。しかも、ふたりの死が怪しいと言うことは、誰かを告発することにもなる。

まったくぼくの知らない人間がやったという可能性もあるが、それと同じくらい強く、このホテルの誰かがやった可能性だってある。

しかも佐奇森は偽名を使っている。一度、そんな話をはじめたら、それに言及しないわけにもいくまい。

やはり、なにも言わずに終わらせるほうがいいのかもしれない。

だが、ぼくは、佐奇森の機嫌の良さそうな顔が気に障って仕方がなかった。

佐奇森はわざと羽目を外すように桑島さんにちょっかいをかけ、桑島さんは適当にそれをあしらっている。

普段は、大して興味も湧かないその光景が、ぼくの心をごりごりと削った。

昼間、和美さんに拒まれたことが、まだどうしても受け入れられない。和美さんが笑顔で、次から次へと料理を運んでくることさえ、腹が立った。子供っぽい感情だということはよくわかっている。だから表に出さずに、ひたすら抑え込んでいる。

それでも、どうしようもない捨て鉢な気持ちはだんだん強くなってくる。

「和美さんも、こっちきて食べましょうよ。洋介さん、まだ帰らないんでしょ」

佐奇森が促すと、和美さんはひどく色っぽく笑った。

「そうね。わたしもワイン飲みたいし。あと、サラダだけ出すから待ってね」

この和気藹々《わきあいあい》とした空気の中に、弾丸をぶち込みたいような気分にさえなる。

普段から、積極的に喋らないせいか、ぼくの不機嫌に気づく人はいない。和美さんですら、特にぼくの様子に関心を持つこともなかった。

さっきあんなことがあったばかりだから、あえて意識しないようにしているのかもしれないが、その無関心が紛れもない愛のなさだと感じられて、ぼくの苛立ちは高まる。

結局、だれも本当のところ、ぼくに興味など持っていないのだ。

早希との事件のあともそうだった。親しくしていた同僚も離れていった。特に、同い年で、学校の中でいちばん仲がよかったと思っていた女性教諭は、そのあと、一度もぼくと目を合わさずに、退職のときもことばすらかけてくれなかった。

彼女の方には恋人がいて、恋愛感情などはなかったが、それでも男女、関係なく友情を感じていた。彼女の恋愛相談にはしょっちゅうのっていたし、愚痴も聞いていた。お互いのことを理解しているつもりだった。

なのに、まるで犯罪を犯したような目で見られることになるとは思っていなかった。つきあいの浅い教諭たちの軽蔑には耐えられたが、彼女の視線は心に深く突き刺さった。

ぼくは何度同じことを繰り返しているのだろう。

受け入れてもらったような気持ちになって舞い上がり、有頂天になって梯子を外される。

愛情も友情も薄っぺらだ。強い風ひとつでどこまでも飛んで行ってしまう。

ぼくは、ローストポークにナイフを入れて、無意味に細かく刻んだ。

佐奇森が、ぼくのグラスにワインを注いだ。

「いいなあ。このあと、おまえはナナちゃんと和美さんと美女に囲まれて生活するんだもんなあ。代わりたいよ」

ぼくは愛想笑いを浮かべて、注いでもらった礼を言った。

自然に口が動いていた。

「そういえば、佐奇森さん、返してもらった本にパスポートのコピーが挟まってましたよ。あとで返しますね」

佐奇森の顔が凍り付いた。口が半開きになる。

どうにでもなれ、という気持ちのまま、ぼくは追い打ちをかけた。

「佐奇森さんって、本名じゃなかったんですね。一瞬、誰のパスポートかと思いました」

今度は、和美さんと桑島さんの表情も固くなる。

ただ、偽名を使っていたというだけだが、蒲生のこともある。だれだって、何かあると思うはずだ。

佐奇森はまた笑顔になって、降参のジェスチャーで両手を挙げた。

「木崎くん、意外に性格悪いねえ。こっそり教えてくれればよかったのに」

「え？　秘密だったんですか？」

しらを切る。嘘をつく方が悪いのに決まっている。

和美さんは険しい顔をしている。当然だ。蒲生のことがあったあとで、笑い飛ばせるはずはない。

「どうして……？」

佐奇森はグラスをぐっと呷った。

「別に大した意味はないよ……っていうか、単なる気まぐれだよ。チェックインのとき、パスポートをチェックされたら言うつもりだったんだけどさ」

だが、一度冷え切った空気は変わらない。佐奇森はためいきをつきながら頭をがりがり掻いた。

「佐奇森真っていうのは、ペンネームなんだよ。実は小説を書いている」

「作家さんなの？」

桑島さんが尋ねた。たしか、フリーライターだと前に聞いたことがある。

「いや、作家志望。ここにきたのも、缶詰になって小説書くつもりでさ……で、そうなると気分的にペンネームで呼ばれたいじゃないか。ただ、それだけなんだけど……」

和美さんがやっと笑顔を作った。

「で、小説は書けたの？」

「いやあ、駄目だね。天気がいいと、ついサーフィンをしに行ってしまうし……そうなると夜はすぐ眠くなる。ここにいる間に長編を一本書き上げて、『華々しくデビュー！』なんて考えていたけど、なかなか思うようにはいかないな」

和美さんは、とりあえず、偽名を使っていたことは不問にすることにしたようだ。

「ここみたいに気候がいいところでは、小説なんか書く気にならないんじゃないの？」

「いやあ、檀一雄《だんかずお》がポルトガルの漁村で、『火宅の人』を書きあげたような、そんなイメージをしてたんだがなあ」

思わず言ってしまう。

「『火宅の人』は遺作じゃないですか」

「まあ、そう言われればそうだよな。日本でできないことを、ここにきてやろうとしても無理があった。今ではそう思ってるよ」

そう言ったあと、佐奇森はあわてて付け加えた。

「あ、俺は名前はペンネームを使ったけど、連絡先はちゃんと現住所と実家を書いたぞ。そこは嘘をついていないよ」

桑島さんは、和美さんに尋ねた。

「蒲生さんのこと、まだわからないんですか？」

和美さんは頷いた。

「一応、ホノルルの日本領事館には連絡をしてあるんだけど……向こうからの問い合わせはまだないみたい」

蒲生が言ったこと——日本で店を経営している——が本当ならば、帰国が遅れてだれからも連絡がないとは思えない。

彼の存在はまるで宙に浮いてしまっているかのようだ。ここにいる人間たちは、彼の死を知っているけれど、彼の素性を知らない。彼の素性を知っている人たちは、彼の死を知らない。

もしかすると、どこに行くかや、いつ帰るかなども告げずにきたのだろうか。だが、それも不思議な気がする。

ぼくのように、仕事もなく、友達もほとんど失った人間にすら、心配する身内はいないわけではない。田舎の両親の家には盆正月に帰るだけだが、それでも月に一度くらいは電話をする。ハワイに行くことや、このホテルの連絡先は両親に知らせてある。

佐奇森はふうっとためいきをついた。

「ま、やっぱりバレるってことだよな。なんか、かえってほっとしているよ。あとになって偽名だったって知られるよりもさ」

自分で自分のグラスにワインを注いで喋り続ける。

「それまでは、知られても笑い話ですむと思ってたから気にしていなかったけど、蒲生のことがあってから胃が痛かったんだ。気軽な気持ちでやったことだけど、もしかしたら俺も事故があって死んだら、謎の人間だと思われるのかなあとずっと考えていた。むしろ、バレてよかったと思ってるよ」

それまでは、へらへら笑ってばかりいたのに、急にしみじみと語り出す。

「このホテルには、もう泊まりにこられないわけだが、日本で木崎くんやナナちゃんに、ばったり会う可能性だってあるわけだからな」

桑島さんがくすりと笑った。

「小説家デビューして、驚かせてくださいよ」

「おおっ、ナナちゃん、応援してくれるの。うれしいねえ」

ふいに、和美さんが背筋を伸ばした。

「実は、佐奇森くんがチェックアウトしてから言おうと思ったんだけど、この際だから今言うわ」

「え、なに？　俺の悪口？」

あわてたように言う佐奇森に、和美さんは微笑んだ。

「あたり。……じゃなくてね」

「なんだよ、脅かさないでよ。ただでさえ、すでにへこんでるのにさ」

佐奇森のことは放っておいて、和美さんはぼくと桑島さんの顔を交互に見る。

「ホテルを閉めようと思ってるの」

「ええっ！」

ぼくと桑島さんは同時に声を上げた。

「どうしてですか？　わたし、困ります。まだ二ヶ月ここにいるつもりだったのに……」

桑島さんは立ち上がってまで抗議をする。

「ええ、わかってるわ。ごめんなさい。だから、ナナちゃんと淳くんが次の宿泊先を決めるまではいてくれてかまわないわ」

「じゃあ、探しません。ずっとここにいます！」

そう言いきった桑島さんに、和美さんは力なく笑った。

「そう言われると困るわ……。正直、もう身体がつらいの」

桑島さんははっとした顔になった。

「蒲生くんと青柳くんのことが、思った以上にこたえてるの。夜も眠れないし、あのふたりの顔ばかりが頭に浮かんで……。特に蒲生くんは、わたしさえホテルに残っていたら助けられたかもしれない。どうしてもそう考えてしまうの」

桑島さんは、すとんと椅子に座った。

「ごめんなさい……わたし、自分のことばかり……」

「ううん、もちろんあと二ヶ月予約を受けているわけだから、ナナちゃんがそう言うのも当然だわ。これはわたしのわがままだから」

和美さんは目を伏せて、話し続ける。

「でも、急に倒れてしまったり、寝込んでしまったりすると、ホテルの業務自体ができなくなって、ふたりに迷惑をかけてしまう。そう考えたの。特に、前は洋介と一緒にホテルをやっていたけど、今は洋介はカフェの仕事が忙しいから、急にわたしが倒れたら、ホテルの日常業務自体が滞ってしまう」

「わたし……このホテルや和美さんが大好きなんです。だから、ちょっとショックで……でも、身体の調子が悪いなら仕方ないですよね」

「うん、そう言ってくれるとすごく助かるわ」

桑島さんは自分に言い聞かせるようにことばを続けた。

「敏くんのこともあるし、わたしはまだ、日本に帰る気にはなれないです。でも、そういう事情ならわかりました。明日から、他のホテルを探します。だから、もう少しだけここに置いてください」

「もちろんよ。ゆっくり気に入ったところを探してくれていいの」

和美さんはそう言ったあと、ぼくの方を見た。

「淳くんは？」

ぼくは薄ら笑いを浮かべた。

「ぼく？　ぼくはどちらでも」


ぼくの思いを拒絶しただけでは飽き足らず、彼女はぼくがそばにいることすら、拒もうとしている。

ぼくにはそうとしか思えなかった。

ホテルを閉めるのも、そのためだとしか考えられない。

ぼくが領分を踏み越えて、一緒に日本に帰ってほしいなどと言ったから、和美さんはホテルを閉めるなんてことを言い出したのだ。

蒲生のことで眠れないというのも、ただの言い訳だ。

これまでそんなことはひとことも言わなかった。

そんな繊細な女性が、夫がいるのにホテルの客と愛情もなしに寝たりするものか。

ぼくがたまたま、思いを告白した日に、ホテルを閉めるから出て行ってほしいと言い出す。そんなタイミングのいいことがあるだろうか。

ちょうど今は事件の影響で、ぼくと桑島さんしか滞在していない。

ぼくに執拗に迫られることを思えば、桑島さんと一緒に追い出して、少しほとぼりが冷めた頃に、また営業を再開すればいいのだ。

洋介さんのカフェは繁盛しているから、生活に困ることもない。

頭ががんがんと痛んだ。また風邪を引いたのかもしれない。

そうならばいい。高熱が出て苦しめば、少しは和美さんも自分のやったことを後悔するかもしれない。

衰弱して死んでしまってもかまわない。

どうせ、日本に帰ってもぼくを待つ人などいないのだ。

そう思って、熱を測ってみても、体温計の数字は平熱を指していた。つまらない結果だ。

彼女に捨てられてまで、この島に滞在する理由はない。

だが、帰っても、また無為に日々を過ごすだけで、なにかができるとは思えない。

傷を癒すためにこの島にきたのに、ぼくはまた無意味な傷を背負い込んでしまった。

冷静に考えて、執着するほどの女性だとは思っていない。

もうおばさんで、美人なわけでもグラマラスなわけでもない。奔放で情熱的な身体は、目がくらむほど魅力的だったが、ただそれだけだ。

だが、もし手の届かないほどの美女に振られたのだったら、まだそれは受け入れられる。

彼女ですらぼくを愛してくれないのなら、いったい誰がぼくを受け入れてくれるのだろう。

絶望的な思いがぼくを追い詰める。

どうすれば、この袋小路から抜けられるのだろう。


翌日、ぼくは車でヒロの町に向かった。

助手席に置いたバックパックには、この島にきてから触ることもなくなっていたノートパソコンを入れてある。

今朝、ガイドブックで、Ｗｉ－Ｆｉのあるカフェを探した。そこで、これからどうするか、調べて考えるつもりだった。

正直なところ、ホテルを追い出されることに納得はしていない。

だが、居座ろうとしても最終的には追い出されてしまうだろう。和美さんに冷たい態度を取られることに、自分が耐えられるとは思えなかった。

どちらにせよ、このあとどうするかを決めなければならない。

できれば、ピーベリーのそば、ヒロの町あたりで安いホテルがあれば、そこに決めたい。少しの間距離を置けば、和美さんだってぼくのいない孤独に気づくかもしれない。そして、ぼくの方も少しは頭に上った血が落ち着いて、素直に帰ることができるかもしれない。

今朝、朝食のときに少し話をしたが、桑島さんはホノルルに移ることを考えているらしい。桑島さんを追いかけたと思われるのもしゃくだが、それもいいかもしれない。ホノルルには宿泊施設がたくさんあるし、長期滞在型のコンドミニアムだってある。お金がかかることは仕方ないが、ビーチで金髪女性の水着姿を見ていれば、憑き物が落ちたように和美さんのことがどうでもよく感じられるかもしれない。

どんなことを考えても、ぼくの思考は和美さんのことに戻っていく。

カフェの席で、パソコンを開いてインターネットに接続した。

一ヶ月接続しない間に、メールボックスには千通近いメールが溜まっていた。ほとんどがダイレクトメールやスパムで、どうしても受信しなければならないメールなどほとんどない。

日本にいるときは、一日何度もメールをチェックしていた。だが、一ヶ月放っておいたところでなんてことはないのだ。

まるでぼくの人生のようだ。大事なものなど少ししかないのに、その大事なものさえ指の間から落ちていく。

杉下からは二通だけメールが届いていた。

それに返事を書く。人が死ぬ事故があって、ホテル・ピーベリーが閉鎖になること、これからどうしようか迷っていることなどを書いて送信する。

それから、新しい宿泊先を探すことにした。

だが、タイミングの悪いことにそろそろクリスマス休暇に入るようだ。手頃な値段の宿泊施設は、ほとんど長期予約が取れない。

ホノルルのコンドミニアムならばまだ空いているが、値段は想像以上だ。

結局、ぼくはどこにも予約を入れずに、検索を終了してしまった。

最後にもう一度メールをチェックする。この短い間に、杉下から返信があった。

「連絡が取れなかったので、ちょっと心配したけど、無事でよかったよ。ピーベリーのことは残念だけどな。実は俺も、明日からハワイに行こうかと思っている。カイルア・コナのホテルに泊まるつもりだが、会わないか」

それだけの短いメールだが、涙が出るほどうれしく感じられた。

まだぼくのことを気にかけてくれている人間がいた。

カイルア・コナはハワイ島の西海岸で、ヒロのちょうど反対側だ。そんなに長いことドライブをしたことはないが、ハワイ島の道路は車も少なく、信号もあまりない。行くことはできるだろう。

これからどうするかは、杉下と会ってから決めよう。ぼくはまたメールに返信をした。

「こっちにきたらメールをくれ。すぐに携帯電話に連絡をするから」

ぼくの携帯電話はこちらでは使えないが、杉下のは使えるはずだ。これまでも海外にいる杉下に、何度も電話をしている。

ほんのわずかなやりとりなのに、泣きたいほど懐かしいのは、たぶんぼくの心が追い詰められているせいだろう。


そのあと、自然に足が、WAMIに向いていた。

洋介さんはホテルを閉めることについて、どう考えているのか知りたかった。

ランチの時間を外したせいか、WAMIは一昨日より空いていた。

今日はまっすぐにカウンターに向かう。洋介さんはぼくに気づくと、目を見開いた。

スツールに腰を下ろして、コーヒーを注文する。

いささか乱暴に、マグカップが前に置かれた。顔を上げると、洋介さんは強ばった顔でぼくを見ていた。

「悪いけど、この店にはもうこないでくれないか」

「え……？」

いきなり投げつけられた冷たいことばに驚く。一昨日とまるで態度が違う。

「きみはホテルの客だが、このカフェの客じゃない」

「無銭飲食をするつもりはないよ」

「そういうことを言ってるんじゃないよ」

洋介さんはまっすぐにぼくを見た。

「俺がなぜ、そう言うか、きみにはわかるはずだ」

ぼくは息を呑んだ。

彼は知ったのだ。ぼくと和美さんの関係を。和美さんが話したのか、それとも自分で気がついたのか。

洋介さんは、声を潜めてこう言った。

「木崎くん、俺はきみが大嫌いだ」

第七章

それから三日、ぼくは日課のようにパソコンを持って、ホテルを出た。

フリーWi－Fiスポットのあるファストフード店やカフェを転々とし、インターネットでホテルを探した。

だが、形式的にいくつかのホテルをリストアップしながら、ぼくは常にそのホテルを選ばない理由を探し続けていた。

古そうだから、不便そうだから、高いから、ウェブサイトの印象が悪いから。理由は探そうとすればいくらでも見つかった。

単なる時間稼ぎに過ぎないことはわかっている。

あの日から和美さんとふたりきりになったことはない。部屋に帰ってくると、シーツは糊のきいた新しい物に替えられ、バスルームには洗濯済みのタオルが置かれていた。

だが、あえてぼくの留守を見図らって掃除をしているようで、それを見るたびに寂しさが募った。

ホテルなのだから宿泊客の留守に掃除をするのは当たり前だ。これまでだって、ぼくが出かけるときはそうだった。なのに、一度壊れかけた心は、あらゆる事象からネガティブな意味を読み取り続ける。

桑島さんはホノルルのコンドミニアムを予約したという。三日後には、荷物をまとめてそちらに移るらしいと、今朝聞いた。

彼女は、ぼくと和美さんの間に生じた変化に気がついているように見えた。女性は妙に勘が鋭いから苦手だ。ぼくにその後の経過を聞くこともなく、夕食の時にはともすれば重くなりがちな空気をほぐすように、よく笑い、よく喋った。

その気遣いさえ、今のぼくには哀れみのように感じられて、胸に突き刺さった。

明日にはホテルを決めて出て行こう。夕食が終わって部屋に戻ると、そう考えた。そして、ノートパソコンを持ってヒロの町に出ることまではするのに、その先が踏み切れないのだ。

杉下がやってきてからだ。そう自分に言い聞かせる。

そして、三日目の朝、待ちに待ったメールが届いた。

「さっき、カイルア・コナのホテルに到着した。都合のいいときに連絡をくれないか」

ぼくはすぐ公衆電話に飛びついて、杉下の携帯番号をプッシュした。

呼び出し音のあと、聞き覚えのある声が受話器から流れてくる。

「もしもし」

「杉下か？　ぼくだ」

「おお、木崎か。元気か？」

その声を聞くだけで、涙があふれてきそうになる。自分の心がぎりぎりのところにいたことに、それで気づいた。

杉下の声は、いつも通り朗らかで、のんきで、それでいてぼくに対する気遣いが感じられるものだった。

「まだピーベリーにいるのか？」

「ああ、でももう出て行かなきゃ……」

桑島さんが出て行ってしまえば、和美さんはもっとぼくに対して冷たくなるかもしれない。洋介さんがぼくと和美さんの関係を知った以上、それは仕方のないことだ。だが、ぼくにはそれがなにより怖かった。

「レンタカー借りたから、明日ヒロに行くよ。会わないか」

「ああ、もちろん」

少しでも早く、彼の顔を見たいなどと考えてしまう。

「どこで待ち合わせする？」

「津波博物館があるだろう。あそこにしよう」

たしかに、ヒロの海岸沿いに、太平洋津波博物館というあまり大きくない建物があった。津波は、英語でもＴＳＵＮＡＭＩなのだな、と通りかかるたびに考えた。

午後一時に待ち合わせることにして、ぼくは電話を切った。

杉下と話したことで、追い詰められたような気持ちは少しだけ楽になっていた。それと同時に思う。

なにも新しいホテルを見つける必要もない。日本に帰ればいいのだ。

佐奇森のように、ホノルルで何泊かして、トロリーで観光地を巡り、土産物でも買い込んで、ちょっと長居しすぎた観光客の気分で帰国すればいい。そして、なにもかも忘れてしまうのだ。

代わりに別のところに旅行に行ってもいい。東南アジアなども刺激的で楽しそうだ。

そう考えてみると、自分がいかに、視野狭窄に陥っていたのかがよくわかる。

身体の中に新しい風が吹くようだった。旧友と話しただけでそんな気持ちになるぼくは、ひどく単純なのかもしれないけれど。

ヒロは海岸線に沿った町だけに、これまでたびたび津波が押し寄せているという。特に一九六〇年に起きた地震による津波では、六十一人もの死者が出た。最近でも、南米の地震により、津波警報が発令され、ヒロの空港が閉鎖されたという話を聞いた。太平洋津波博物館は、津波による悲劇を忘れないために建てられたという。

翌日、ぼくは一時前に津波博物館を訪れた。

これまでも何度もそばを通っていたが、中に入ったことはない。

中には、ぽつり、ぽつりとしか人はいない。津波が起きたときの写真や記録が展示されているようだ。

ぼんやりと見て歩いていると、肩を軽く叩かれた。

「よう!」

杉下だった。短パンにアロハシャツ、ずだ袋のような鞄を肩から下げている。日本にいるときよりずいぶんラフな格好だ。たぶんこれが、彼の旅行スタイルなのだろう。

「ひさしぶりだな。ずいぶん日焼けしたじゃないか」

「そうかな」

自分ではあまりわからない。教師だったときは、グラウンドで体育の指導をしていたから、それなりに焼けているつもりでいた。こちらにきてからは、たまにプールで泳ぐくらいだ。

展示を見る人々の邪魔にならない場所に移動して話を続ける。

「それで、『ピーベリー』が営業をやめるって本当なのか?」

「ああ、もう客はぼくともうひとりしかいないし、その女の子も、明後日には出て行くらしい」

そしてぼくが出て行ってしまえば、あのホテルは看板を下ろしてしまう。

どうするつもりなのだろう。ホテルを経営したいという他の誰かに売ってしまうのか、それとも和美さんたちが普通にあそこに住み続けるのか。

「寂しいな……いいホテルだったのに……」

杉下が感慨深げにつぶやいた。もともと、杉下に勧められて、あのホテルに行くことになったのだ。そうでなければ、和美さんとは出会えなかった。

杉下を恨む気持ちなどない。結果的に傷つくことになったとはいえ、それはあくまでもぼくの責任だ。日本にあのままいても、出口など見えなかった。

「しかし、そうなるとオーナー夫妻はどうやって生活していくつもりなんだろうな。別に資産家というわけでもなさそうだし……」

「ああ、今は洋介さんが、ヒロでカフェをやってるんだ。けっこう繁盛しているようだから、そちらで食べていけるんじゃないか」

なぜか杉下は、へえ、と少し笑った。

「あの、怠け者の洋介さんが？」

かすかな違和感を覚えた。洋介さんは無口だが、怠け者というイメージはない。

「怠け者……かな。ぼくがきてからはずっとカフェで働いているから……」

ホテルの業務こそ、和美さんにまかせっきりだが、いつも朝早く出て行って、夜遅く帰ってくる。ホテルでだらだらと時間をつぶしているところなど見たことはない。

杉下も不思議そうな顔をしている。

「だって、いつもホテルの共同スペースで、客とくっちゃべってばかりじゃないか。和美さんだけが働いて、まるでヒモみたいでさ……。まあ、グリーンカードを持っているのは彼の方らしいから、仕方ないんだろうけど」

ぼくは戸惑いながら、杉下を見た。

ぼくの知る洋介さんと彼の話す洋介像が大きく違う気がする。

「無愛想な人だなってぼくは思っていたよ」

「無愛想？　洋介さんが？」

話がかみ合わない。胸の奥がざわつきはじめる。なにか危険なものに触れてしまったような気がした。

「ああ、でもカフェでは楽しげに客と話していたな。だから、たまたまぼくたちのことが気に入らなかったのかもしれないけど」

もしかしたら、ぼくが到着する前に客となにかトラブルがあったのかもしれない。佐奇森か蒲生のことが、気にくわなかったのかもしれない。

「カフェってこの近くか？　せっかくだから洋介さんに会っていきたい」

そう言われて、ぼくは少し口ごもった。

この前、洋介さんにははっきりと言われたばかりだ。ぼくのことが嫌いだと。それなのに、カフェを訪ねるのは気が進まない。

だが、それを話すのには、和美さんと深い関係になったことまで杉下に話さなければならない。

完全に振られてしまった今、それを話すのはどうしても気が重かった。

若いわけでもきれいなわけでもない和美さんに、ぼくがなぜ溺れ込んだかは、正しい場所にいる彼には絶対に理解できないだろう。呆れられるのは目に見えている。

だが、杉下はぼくの逡巡になど気づかず、すたすたと博物館の出口に向かった。

あえて、彼を止めるほどのこともない。洋介さんも、杉下の前でぼくを罵るほど非常識ではないはずだ。

津波博物館とＷＡＭＩは、歩くと十分くらいかかる。ぼくたちは杉下のレンタカーで向かうことにした。

「で、これからどうするつもりなんだ」

助手席のシートに身を預けるなり、杉下に尋ねられた。

「日本に帰ろうかとも考えてるんだ……。けっこう骨休めできたから」

「そうだな。でも、マウイもいいぞ。一面にサトウキビ畑が広がっていてな」

そう言う杉下に、ぼくは苦笑した。

「うん、また次回な」

杉下がこの島を薦めたのにも大した意味はなかったのだろう。ただ、気候がよくて、長期滞在にちょうどいいホテルがあったというだけのことだ。

ぼくはたぶん、この島のことは一生忘れない。思い出すたびに胸はひどく痛むだろうが。

ぼくのナビで、車はＷＡＭＩの駐車場に入った。

昼時を少し過ぎているのに、中は混雑していた。ぼくが躊躇する間、杉下が空席を探しに、どんどんと中に入っていく。

カウンターでコーヒーを淹れていた洋介さんが、杉下になにかを言うのが見えた。

杉下はそのまま出てくる。

「満席だそうだ。仕方ない。よそで昼飯食って、あとでくるか」

「あとで？」

「ああ、だって今、洋介さんはいないだろう？」

ぼくはかすかに口を開けて、杉下を見た。

杉下はなにを言っているのだろう。だが、同時に胸の奥のざわめきがひどくなる。早く立ち去ったほうがいい。ここで、話すべきではない。

ぼくはちらりと奥に目をやった。

洋介さんは忙しく立ち働いていて、ぼくには気づいていない。

ぼくは早足でカフェから離れた。

「おい、どうしたんだ？」

杉下もあわてて追ってくる。

「なあ、杉下。洋介さんはあそこにいなかったんだな」

「ああ、あのカウンターの日本人、あれは誰なんだ？　バイトか？」

ぼくは大きく深呼吸をしてから答えた。

「ぼくは、彼が洋介さんだと思っていた」

「ええっ」

今度は杉下が驚く番だ。足を止めて、ぼくの顔を凝視している。

「……それ……本当なのか……」

「ああ。彼が洋介だと名乗っている」

そして和美さんの夫だと。それは本当に正しかったのだろうか。

「ちょっと待ってくれ」

杉下は混乱を収めるようにそう言った。額に手を当てて考え込んでいる。

「いや……似てはいるが、やっぱり別人だ。痩せたとか太ったとか、そういう違いじゃない。声だって違う。間違えるはずはない」

たしか、佐奇森はこう言っていた。

自分がこのホテルにきたとき、いたのは蒲生だけだと。蒲生はどうだったのだろう。もし、彼の前にも誰もいなかったとすると、そこで入れ替わるのはたやすいことだ。

いや、それとも。

誰も、そこでオーナーが替わったとは思わない。

オーナーだと紹介されれば、そうだと信じるだけだ。

ぼくたちは、そこから少し離れた別のカフェに入った。

ぼくの中で、ある疑惑が大きくなっていく。

青柳ははじめて会った日、こう言っていた。

「楽しみにしてろよ。きっとおもしろいものが見られる」

彼は気づいていたのだろうか。オーナーの洋介が入れ替わっていることに。

同時にはっとする。ぼくの知っている和美さんは、杉下の知っている和美さんと同じなのだろうか。

そう考えたとたん、和美さんの姿が記憶の中であやふやになっていく気がした。何度も抱きしめて、ベッドの上で互いをむさぼり合ったはずなのに。

震える声で尋ねた。

「和美さんは……」

杉下も同じ不安に駆られていたようだ。

「ほら、日焼けして細くて、化粧っ気のない女の人だろう。いつもタンクトップやショートパンツで、なんというか……あんまり女っぽくないように見えて、ときどき妙に色っぽい感じの……」

それを聞いてとりあえずはほっとする。洋介さんとは違い、彼女への認識は食い違うことはない。

杉下も狐につままれたような顔をしている。

もし、洋介さんが入れ替わっているのだとしたら、それに和美さんが関与していないはずはない。和美さんが次々と男を取り替えて、それに洋介という共通の名前を与えて、オーナーのふりをさせているのだろうか。

いや、それは成り立たない。アメリカの永住権を持っているのは洋介さんの方だ。杉下だってそう言っていたし、ぼくもそう聞いている。

ふいに、杉下が膝を打った。

「たしか、携帯で写真を撮ったような……」

「ええっ！」

杉下はポケットから携帯電話を出すと、写真を捜し始めた。

ぼくもそうだが、杉下も携帯電話の新しい機種にはほとんど興味がなく、何年も前の機種を壊れるまで使い続けている。

「あった！」

杉下は携帯の液晶をぼくの方に向けた。

そこには和美さんと杉下と、そしてもうひとりの男が写っていた。

蒲生だった。

ピーベリーに帰ったぼくは、コーヒーを一杯飲もうと、一階の共同スペースのドアを開けた。

和美さんがひとり、椅子に腰掛けてなにやら考え込んでいた。驚いたように顔を上げる。

「ああ、淳くん」

「こんにちは」

ひとり、ひとりと人が減っていくにつれ、仕事も少なくなっていくのだろう。今では最初の頃の、コマネズミのように働く和美さんは見られない。

あの日から、和美さんとぼくの間にあった親密な共犯者の空気は消え去ってしまった。和美さんは、ぼくを避けることもなく、これまで通り優しくしてくれたが、その優しさにはまるで傷口に触れるような慎重さを感じずにはいられない。

ぼくを刺激して、よけいにややこしいことにならないように、逆恨みされないように優しくしている。そんなふうに考えてしまう程度には、ぼくもひねくれている。

なのに、今になっても思うのだ。

彼女との、あの甘やかな時間を取り戻すことができるのなら、なにを犠牲にしてもいいと。

だが、あれはどうやっても取り戻すことはできない時間だ。もし、ぼくが知った事実を元に、彼女を脅しても、彼女の気持ちは離れていくばかりだろう。それどころか、ぼくも殺されてしまうかもしれない。

ぼくは彼女の前に腰を下ろした。和美さんの身体がぴくりと震えた。たぶん、警戒しているのだろう。

「和美さん、ぼくは明後日、出て行きます」

和美さんは何度か瞬きをした。なにを考えたのかまでは読み取れない。

そう、いつだって彼女の本心がぼくには読み取れなかった。その底知れなさが、よけいにぼくを溺れ込ませたのかもしれない。

「ホテル……決まったの？」

「とりあえず、オアフに移ります。でも、そんなに長くいるつもりはありません。帰りの航空券を入手して、たぶん数日中に日本に帰ります」

そう言うと、和美さんの顔が曇った。

「ごめんなさいね……。予定を変更させてしまうことになって」

「いいんです。ここにいられて楽しかったです」

それは嘘ではない。今でもそう思っている。

ぼくの魂を抱きしめてくれたこと、そして、ぼくの、この先の目標を与えてくれたこと。

そう、ぼくには今、新しい目的がある。真実を探るという目標。

「ひとつだけ教えてくれませんか。ぼくはあなたの旧姓が知りたいです。瀬尾という洋介さんの姓ではない、あなたの姓が知りたい」

和美さんの顔がまた強ばる。執着を見せるようなことを言ったからだろうか。それとも、知られたくない事実と、それはなんらかの関係があるのだろうか。

結局、ぼくはまだなにひとつ理解していない。

蒲生と名乗っていた男が、かつては洋介と名乗って和美さんの夫のふりをしていたことと、たぶんそれを青柳が知っていたということだけ。

蒲生と、今、洋介と名乗っている男のどちらが、和美さんの本当の夫なのかも、今の時点ではわからない。和美さんを問い詰めても、教えてはくれないだろう。

だが、少なくとも蒲生と青柳の死に、彼女がなにか関わっているのは間違いない。青柳はともかく、蒲生のことで、彼女はぼくらを欺き続けていた。

もし、蒲生が本当の洋介ならば、彼の身元がわからないのも無理はない。

和美さんは少し躊躇した。ぼくは甘えるように言った。

「つきまとったりはしません。ちゃんと日本に帰ります。ただ、あなたのことを覚えていたいだけなんです」

和美さんは困ったように笑った。

「忘れたほうがいい……なんて言わなくても、簡単に忘れてしまうわよ。淳くんは優しいから、新しい恋人がすぐできるわ」

「忘れたりしません」

そして、ぼくは少しも優しくなどない。いつも自分のことだけを考えて、自分のことで頭がいっぱいだった。

だが、思うのだ。

もし、次に誰かを愛することができて、その人もぼくの手を握りかえしてくれるのなら、そのときはその人のことをいちばんに考えよう。

難しくても、なるべく立ち止まって、その人の気持ちを確かめよう、と。

和美さんはふっと息を吐いた。根負けしたように言う。

「堀切《ほりきり》というのが、旧姓よ」

「すみません。ありがとう」

窓の外には薄紫に染まった雲が、滲んだように広がっていた。あと少ししか見られないこの島の夕暮れだった。

急にどうしようもないやるせなさが胸を衝いた。

「あなたの話をもっと聞けばよかった」

時間はあったはずだった。ベッドで抱き合う間や、終わった後のごくわずかなまどろみの時間に、もっと和美さんのことを知ればよかった。

ただの感傷ではなく、心からそう思った。

「大したことはなにもないわ」

困ったような笑みが愛おしい。

「あなたにとってはそうでも、ぼくにとっては違う」

自分が拗ねた口調で喋っていることが、冷静に考えるとひどくおかしい。この期に及んで、ぼくはまだ彼女に甘えている。

和美さんは、少し悲しげに目を伏せた。それから立ち上がる。

「夕食の支度をしないと……ね」

会話を打ち切る合図だった。これ以上はなにも聞き出せそうにない。

ぼくはさりげなくコーヒーメーカーの前に立ち、彼女に背を向けた。

ドアが閉まる音だけが部屋に響いた。


ピーベリー。実の中でひとりぼっちで眠る希少な豆。

今思えば、その名前はこのホテルにひどく似合っている。横に長いこのホテルはひとつの枝で、部屋は実の中の小さな空間だった。

その中にぼくたちは、たったひとりで眠り続けている。

和美さんとぼくはつかの間抱き合ったが、結局最後まで心を溶け合わせることはなかった。溶け合ったのは身体だけだった。

壊れることも、はじめから定められていたように思うのは、虫のいい考えだろうか。

　奇しくも、ぼくと桑島さんは同じ飛行機でハワイ島を出ることになった。やってきたのも同じ飛行機だった。はじめて空港で出会ったときには、彼女のことをいろいろ知ることになるとは、考えもしなかった。

きたときと同じように、和美さんの車でぼくたちは空港に向かった。

　桑島さんは、ぽつり、と言った。

「もう、ここには戻ってこれないのね。残念だわ……」

　和美さんはくすりと笑った。

「ハワイ島にはいつだって戻ってこれるわよ。ホテル・ピーベリーはもうないけど」

　ぼくは疑問に思っていたことを尋ねた。

「営業はもうやめてしまうんですか？」

「ええ、建物ももう古いし、取り壊してしまうつもり」

「そんな！」

　悲しげな声で桑島さんが言う。和美さんは意外にもさばさばとした顔だった。

「最近の若い子は、あんまり海外旅行もしないでしょ。昔ほど人もこなくなったし、不謹慎かもしれないけどいい機会だったわ」

ヒロ空港までは、あっという間だった。ぼくは感傷を封じ込めて、できる限り平然と振る舞った。

空港の前で車から降り、トランクから桑島さんの巨大なスーツケースと、ぼくの旅行鞄を下ろした。

「じゃあ、和美さん、さようなら」

ぼくがそう言うと、彼女はかすかに目を細めた。ぼくは背を向けて歩き出す。

桑島さんは、スーツケースを押しながら後を追ってきた。

「なんか、寂しいね……」

「ああ」

それには同感だ。だが、なにもかもがここで終わってしまうわけではない。

「ぼくはまた戻ってくるつもりだよ」

「和美さんに会うため？」

「それもあるけど……ほかにやらなきゃならないこともあるから……」

「なに？」

ぼくは首を横に振った。

「今はまだ言えない」

彼女はかすかに首をかしげたが、それ以上ぼくを問い詰めようとはしなかった。

荷物を預けて、チェックインを済ませ、近くのベンチに腰を下ろす。搭乗口の待合室は三十分前にならないと開かないとのことだった。

桑島さんがふいに言った。

「ねえ、木崎くん。携帯番号交換しよっか」

「あ、ああ」

拒否する理由はなにもない。もしかしたら、ぼくから彼女に連絡したいと思うこともあるかもしれない。

赤外線通信でメールアドレスや電話番号を伝え合う。携帯電話を無くしてしまえば、そのまま途絶えてしまう程度のつながりだが、そのあやふやささえ、今のぼくには少し心地いい。

だが、彼女に連絡を取りたくないと考えているわけではない。いつか、彼女にもぼくが知ったことを話すつもりではいた。だが、それは今ではない。

桑島さんは、ベンチから立ち上がった。

「わたし、売店見てくるね」

「ああ」

さきほど、通るときにちらりと見たが、ガラスケースの中に色とりどりのプルメリアのレイがかかっていた。きっとむせかえるように甘い匂いがするのだろう。

桑島さんとはホノルル空港で別れた。手を握り合うことも、何度も振り返ることもない。赤外線通信のようにそっけない別れだった。

その三日後、ぼくは日本への帰国便に乗った。

ハワイ島に戻ってきたのは、四ヶ月後のことだった。

飛行機を降りたとたんに、湿度のある空気に包まれた。

あれから四ヶ月。日本ではすっかり春になり、季節が変わっているのに、この島の気候はほとんど変わらない。

時間が一気に巻き戻されたような気持ちになる。

日本に帰ってからも、この島のことばかり考えていた。まるで、半身をこの島に置き忘れてしまったかのようだった。

海外旅行ははじめてだから、旅行で訪れた土地すべてにそんな感慨を抱くのか、それともこの島がぼくにとって特別なのかはよくわからない。

生まれ育った土地や、かつて住んでいた街にそんな気持ちを抱いたことはないから、やはりこの島と、ここで過ごした時間がいまだにぼくを捕らえ続けているのだろう。タラップを降り、ゲートを通って、申し訳程度の屋根と椅子しかない空港内に入っていく。最初にこの空港を見たときには、ぼくが知っている空港とのあまりの違いに驚いたものだった。

建物は売店やトイレだけで、あとは本当に、待つための椅子と日差しや雨を防ぐための屋根しかない。気候のいい島だからこそ、存在可能な空港だ。

鞄は、機内持ち込みのバッグひとつ。明日のホノルルへの飛行機はすでに取ってある。この島には一泊しかしないつもりだ。

目的はたったひとつだから、一泊でも充分すぎるほどだった。不安は、WAMIがなくなっていたり、あのふたりが姿を消してしまったり、ということだが、ぼくの考えが正しければそんなことはないはずだ。

もしくは、見つからなければそれでかまわない。矛盾しているがそんなことも考えてしまう。これからすることは、決して気分のいいことではない。

今日は誰も迎えにはこない。タクシーを呼んでもらい、ヒロの町まで向かう。もともと、ヒロ空港から町までは大した距離ではない。十ドル足らずで着いてしまう。

この前、考えていたより早く日本に帰ったため、ドルは余分に持っていた。両替する必要もない。

タクシーをＷＡＭＩの近くで降りて、ぼくは歩き出した。

汗をかくような気候でもないのに、背中がじっとり濡れているのは緊張のせいだろうか。

夕方五時頃、と微妙な時間帯のため、ＷＡＭＩは空いていた。

カウンターの中には、洋介さんではなく、和美さんがいた。

それも予想していたことなのに、なぜか胸が痛いような気持ちになる。彼女のことはすでにあきらめたつもりでいたのに、姿を見れば心が騒ぎはじめる。

洗い物をしていた和美さんが顔を上げた。ぼくの姿を見て、凍り付いたような顔になる。

「おひさしぶりです。和美さん」

「淳くん……」

ぼくは、誰も座っていないカウンターに腰を下ろした。

「日本はもう春になりましたよ。ここはあまり変わりませんね」

「……ええ、そうね」

彼女が気持ちを落ち着けようと努力していることがわかる。彼女の狼狽が、ひどく心地好いのは歪んだ感傷のせいだろうか。

「今日は洋介さんはどうしたんですか?」

「洋介は、少し体調を崩して、しばらく休んでいるの。なにか飲む?」

「コーヒーを」

彼女は洋介さんのしていたように、豆を挽き、ネルドリップで丁寧にコーヒーを淹れた。よい香りが店の中に広がりはじめる。

「その豆もピーベリーですか?」

「これ? これは違うわ。洋介はあんまりピーベリーは好きじゃないから。でも、コナコーヒーだし、いいものよ」

ゆっくり抽出したコーヒーをマグカップに注いで、ぼくの前に出す。

「どうぞ」

マグカップを引き寄せて、コーヒーを口に含んだ。懐かしい味がすると思うのは、ぼくの勝手な思い込みだろう。ホテル・ピーベリーではいつも、コーヒーメーカーで淹れていた。

それとも淹れ方が変わっても、淹れる人が同じならばどこかに同じ味わいが残るのだろうか。

「今回は、どこに泊まってるの?」

そう尋ねられて、ぼくは少し笑った。

「そんなこと聞いていいんですか？　泊まるところがないからあなたのところに泊めてくれって言うかもしれませんよ」

和美さんは困ったように微笑んだ。

「ピーベリーはまだ取り壊してないし、一晩、泊まるくらいならかまわないわよ。なんのもてなしもできないけど」

「いいんですか？」

思ってもいなかった反応だった。もっと邪険にされるかと思っていた。

「でも、なにをしに、またハワイ島にきたの？　観光？」

ぼくは首を横に振った。

「いいえ、あなたに会いに」

和美さんは曖昧な顔でぼくを見た。

「あなたに確かめたいことがあるんです。話をしていいですか？」

「今？」

「今じゃない方がいいですか？」

「今は仕事中だから。六時には店を閉めるわ。それからでいい？」

ふいに思った。もしかすると和美さんは、ぼくがなんのために戻ってきたのか、気づいているのかもしれない。

杉下に何度も、危険だと止められたことを思い出した。

それでもぼくはこう答えた。

「わかりました」


彼女が店を閉めてから、ぼくたちは彼女の車でホテル・ピーベリーに向かった。

営業をやめてからたった四ヶ月なのに、そこはもう古くて、ただの人気《ひとけ》のない建物にしか見えなかった。

それを見て、ぼくは気づく。ぼくがいたころのピーベリーも古くて寂しい建物に見えたが、それでも営業を続けているホテルには、それなりの華やかさがあるのだと。

今のピーベリーは、まるで魂が抜けてしまったかのように見える。

和美さんが車を停め、ぼくは助手席から降りた。

「洋介さんは？」

「今は出かけてるの。だから安心して」

その「安心」がどういう意味かはかりかねながらも、ぼくは頷いた。

以前、共同スペースとして使っていた一階の部屋に入った。たぶん、そこは今も和美さんたちが使っているのだろう。きれいに清掃されていた。

「座って。コーヒー淹れるわね」

コーヒーメーカーの前に立つ彼女を見ていると、時間が四ヶ月前に戻ったような気がする。その空想は、ひどく心地好く、甘かった。

ぼくはいまだになにも知らず、ここで彼女との関係を続けている。人目を忍んで抱き合い、共犯者の時間を過ごしている。手を伸ばせば、彼女はぼくの腕の中で甘く溶ける。

だが、その空想は彼女の声によって破られた。

「で、話ってなに？」

その声には覚悟のようなものが感じられた。間違いない、彼女はたぶん気づいている。

「ずいぶん苦労しました。起こったことはわかったけど、なぜ、そうなったかがわからなかった」

彼女の背中がかすかに震えた気がした。

「蒲生の身元はわかりましたか？」

その質問に、和美さんは答えなかった。

「わかるはずはないですよね。蒲生祐司というのは偽名だった。パスポートだって存在しないし、住所だってでたらめなはずだ。彼こそが、あなたの本当の夫——洋介だったんだから」

抽出されたコーヒーが下に落ちる音が部屋に響いた。

「ぼくたちがくる前、たぶん佐奇森がこのホテルにくる前に入れ替わりは完了していた。オーナーである洋介が、客のふりをしてホテルにいた。そして、別の男が洋介のふりをしていた。どうやって、彼——本来の洋介に客のふりをさせることを受け入れさせたのかは知りませんけど」

和美さんは振り返って笑った。

「彼がそう言ったのよ」

「彼？」

「そう、洋介が言ったの。哲哉《てつや》をこのホテルに住まわせるのはいい。代わりに、自分はホテルの客になるって」

「どうして？」

そう尋ねながらも、ぼくは和美さんが簡単に認めたことに驚いていた。ぼくが洋介だと思っていた男が、哲哉という名だということはぼくももう知っていた。

「洋介は働くのがいちばん嫌いだったから。働きたくなくても、わたしが席を外している間に、滞在客からなにかを頼まれたりするのが嫌だったらしいわ。客のふりをすれば、思う存分だらだらとしていられる。それと女の子ね」

「女の子？」

「そう。彼がなぜホテルという仕事を思いついたのか。どうして、このホテルは常連客を受け入れないのか。彼が、滞在した女の子を好きなように口説くためね。旅行先では女の子たちも羽目を外しがちだし、期限が決まっていれば深入りすることもない。もちろん、いつも成功するわけじゃないけど」

桑島さんが言っていたことを思い出す。蒲生はかなり強引に、彼女に迫っていたと。

「特に、最近は成功率が落ちてきてたわね。彼も年を取ったし、最近の女の子たちは意外に保守的で、自分の損になることはしないわ。わたしたちとか、もう少し前の時代は、奔放に振る舞うことがある種のアイデンティティだったこともあるけど、最近の子たちは違うから。でも、それを彼は、わたしがいたからだと考えた。独身のふりをすれば、もっと女の子たちが自分になびいてくれると考えた」

「あなたはそれでよかったんですか」

「彼がそういう人間だということは、もうずっとわかっていたわ。それでも、永住権を持っているし、このホテルを買う資金を出したのは彼だから、それでよかった。愛情なんかなかったけど、日本を出て、この島に住みたかったの」

ぼくははっとする。彼女が愛していたのは夫ではなく、この島だったのだろうか。

「ホテルの仕事は好きだったわ。多くの人が日本からやってきて、この島を好きになる。それを見ているのが楽しかったし、もともと働くのは好きだし、苦にはならなかったわ」

それは彼女を見ていたぼくもよくわかった。彼女が楽しげに働いていたからこそ、このホテルは輝いていて、居心地がよかったのだろう。

それを変えたのは一つの出来事だった。

ぼくは鞄から、新聞のコピーを取り出した。

「これを見つけました。ずいぶん時間がかかりましたが」

彼女は手に取ろうともしなかった。たぶんその記事がどんなものかは読まなくても知っているのだろう。

一昨年起きた殺人事件の記事だった。堀切哲哉という男が金銭トラブルで友人を殺し、逃亡中と書かれていた。写真は古く、小さいものを引き伸ばしたのか、ぼんやりとしていた上、写真の男はひげを生やしていた。だが、ひげを頭の中で取り去ってみると、彼は、ぼくが洋介だと思っていた男にそっくりだった。

「あなたの弟ですね」

和美さんは表情を変えずに、記事を見下ろしていた。

「一昨年の事件だし、そう大きく報道されたわけでもない。多くの未解決の事件と同じだ。ぼくだって、こんな事件など覚えていなかったし、他の人だってそうだっただろう」

「哲哉が偽造パスポートでわたしを頼ってきたときには驚いたわ。だけど、できる限りかばってやりたいと思った。たったひとりの身内だったから」

そして、彼をここに置くことにした。

「そのときに洋介が出した条件が、自分はこれから客としてここで過ごすこと、代わりに哲哉がオーナーの役をすることだったわ。別にわたしはかまわないと思った。もともと、洋介はほとんど働いてないんだもの。客も同然だわ。なにも変わらない」

「哲哉が考えたんですか?」

「なにを」

「オーナーを殺すこと……です」

和美さんはふっと息を吐いた。

「そうよ。でも、そう言うのはフェアじゃないわね。わたしが冗談めかして哲哉に言ったの。この状況なら、『殺してもばれないかもね』って。『そしたら一生洋介と入れ替わっていられるかもね』って」

そのどこか乾いた笑いに背筋がぞくりとした。

「洋介が客になることを考えたのだってそう。わたしが何度も言ったの。働きたくないんだったら、お客にでもなればいいのにって」

このホテルは他の町や家から離れていて、業務はほとんど和美さんがやっている。常連客はもともと受け入れない。洋介が別人と入れ替わっても誰にもわからない。

今のままでは、いつ洋介の気が変わって、哲哉を追い出すかもしれない。それに哲哉が殺人犯だということが、洋介に知られるかもしれない。

「たぶん、わたし、彼にうんざりしてたのね。哲哉にその計画を持ちかけられても、止める気にはなれなかった。好きにすればいいと思った」

気になっていたことを尋ねる。

「どうして、カフェをはじめたんですか？」

「洋介を殺してしまえば、ホテル業務を続けるのは危険だわ。いつ、洋介の知人が尋ねてくるかわからない。だから、ここは閉めて、別の仕事をはじめる必要があった。哲哉は日本でも喫茶店の経営をやっていたし、その仕事ならできた。洋介の名義で店を借りた以上、事務的な手続きは、洋介がやらなければならないから、彼の生きている間に話を進める必要があった」

「青柳のことは……」

和美さんの表情が急に曇った。

「青柳くんのことは本当に不本意だった。哲哉が蒲生——洋介に酒を飲ませて無理矢理、プールに沈めて殺した後、彼の行動がおかしくなって、それでやっと思い出したの。そういえば昼間は外に出ない子供が昔の客にいたなって。彼は子供の頃、このホテルに泊まったことがある。調べてみたけど、十年前、ホテルができた当時に彼と両親が泊まっているの」

十年前ならばまだ中学生ぐらいか。顔もかなり変わっているだろう。すぐには思い出せないのも無理はない。

彼は、前にきたときにオーナーだった洋介が客のふりをして滞在し、別の人間が洋介だと名乗っていることに気づき、興味を抱いた。

——楽しみにしてろよ。きっとおもしろいものが見られる。

それは嘘が露呈する瞬間のことだったのだろうか。だが、起きたのは殺人だった。

「わたしは腹をくくったつもりだった。わたしたちの計画は失敗したんだって。でも、哲哉はあきらめなかった」

そして、夜のうちに青柳のバイクに仕掛けをした。逃げだそうとした青柳は目論見通り事故に遭い、命を落とした。

「洋介を殺すプランの中に青柳くんのバイクを使う計画もあったの。だから、バイクの仕組みも調べてあった」

あとは計画通り進めるだけだ。適当なところでホテルの営業をやめて、別の家に移り住む。

そこからは誰も邪魔をする人はいない。

「哲哉は今、整形でもしてるんじゃないですか。身分証明書の洋介さんの写真に顔を似せれば、それでもうなんの問題もない」

「それは一ヶ月前にもう終わってるわ。でも、すぐに店に出れば色々と怪しまれるだろうから、今は休んでいるの」

彼女はどこか空虚な笑みを浮かべて、テーブルに肘をついた。

「警察にはもう言ったの？」

ぼくは首を横に振った。

「いいえ」

それを聞いて、彼女は驚いた顔になった。

ずっと迷っていた。杉下もまずは警察に言うべきだと訴えた。ぼくの予想が正しければ、哲哉はすでに三人殺している。もうひとり殺すことに躊躇はないだろう、と。

だが、どうしていいのかわからなかった。早希とのことでぼくの魂は死にかけていた。早希を恨んでいるわけでも、クビにした学校を恨んでいるわけでもない。

ぼくは結局、自分のことが許せなかったのだ。なにも知らない子供に自分の幻想を押しつけて、それを愛情だと勘違いしていた。罰せられたのは、その考えゆえで、手を触れなかったことなど弁解にもならない。

なのに、和美さんはそんなぼくを抱きしめてくれた。ぼくの告白を聞いても、軽蔑を見せなかった。

もちろん、だから自分の罪が消えたとは思わない。でも、だれかにあんなふうに許してもらえたのははじめてのことだった。

だから、ぼくは迷っている。彼女を告発していいのか。

和美さんは黙って立ち上がった。そのままドアを開ける。ぼくに、車のキーを投げた。

「警察に伝えなさい。それがあなたの役目だわ」

その顔を見て、ぼくは気づく。

「哲哉を逃がしたんですか?」

ぼくがＷＡＭＩを訪ねたあと、彼女は哲哉に電話をかけたのかもしれない。もう終わりだ、と。整形が終わっているのなら、彼は洋介さんのパスポートを使えるはずだ。偽造パスポートを使う危険もない。

和美さんは困ったような顔で笑った。ぼくが、「一緒に日本に帰りませんか」と告げたときと同じような笑顔だった。

「自分が間違っていることは、わかってたの。どこかでそれを正さないといけないと思ってた。だから、あなたが正して」

彼女は視線を窓の外に投げた。

「哲哉はコナ国際空港から、アメリカ本土に向けて、もう出発した。彼がどうなるかは彼の運命次第だと思ってる」

広いアメリカで、彼は逃げ切ることができるのだろうか。

ぼくは、車のキーを彼女に投げ返した。

「今日、泊めてくれるんじゃないんですか。そんなことをしたら、ぼくの泊まるところがなくなってしまう」

驚いた顔をした彼女にぼくは笑いかけた。

「それに、ぼくは明日帰る。そんな面倒に巻き込まれるのはまっぴらだ」


ふと、思う。哲哉ははじめから、カフェは和美さんにまかせて、パスポートを手に逃げ出すつもりだったのかもしれない。だから、店に和美さんの名をつけた。

もっとも、それはぼくの勝手な想像にすぎない。

単に、他の名前が思いつかなかっただけかもしれない。


翌日、ぼくは和美さんの車で、ヒロ空港に向かった。

和美さんは、ぼくを送った後、警察に自首すると言った。

殺人幇助は決して軽い罪ではないだろう。だが、何十年も服役するようなことはきっとないと思う。

ぼくは車を運転する彼女の横顔を眺めた。

「日本に帰ってくるんでしょう」

「いつかはそうなるわね。罪を償ってからね」

「携帯電話の番号、変えずに待ってますから、連絡くださいね」

ぼくがそう言うと、彼女はくすりと鼻で笑った。

「そう言ってくれる気持ちだけ、ありがたく受け取るわ。連絡はするかどうかわからないけど」

「してくださいよ。待ってますから」

そのときに彼女をまだ愛おしく感じるかどうかは、ぼくにはわからない。そうであればいいと思うだけだ。

「さあねえ」

彼女ははぐらかすように言って、アクセルを踏み込んだ。

「この島はいいところですけど、日本だってそれなりにいいところですよ」

暑いし、寒いし、人は多いし、星だって見えないけれど。そう付け加えると、彼女は声を出して笑った。

「そうね、すっかり忘れちゃったけど、そう肝に銘じておくわ」

空港に着き、ぼくは四ヶ月前と同じように車を降りた。今日はトランクから下ろす荷物はない。

「連絡くださいね」

そう繰り返して言うと、彼女はただ笑っただけだった。

だが、それでもぼくが空港の中に消えるまで見送ってくれた。

何度も振り返りながら、ぼくはふと思う。

これもまたひとつの冷凍睡眠《コールド・スリープ》だ、と。

本書は二〇一四年に小社より発行された文庫の新装版です。

双葉文庫

こ-25-03

ホテル・ピーベリー〈新装版〉

2022年5月15日　第1刷発行
2022年8月10日　第9刷発行

【著者】
近藤史恵《こんどうふみえ》

【発行者】
箕浦克史
【発行所】
株式会社双葉社
〒162-8540 東京都新宿区東五軒町3番28号
［電話］03-5261-4818(営業部)　03-5261-4831(編集部)
www.futabasha.co.jp（双葉社の書籍・コミックが買えます）
【印刷所】
大日本印刷株式会社
【製本所】
大日本印刷株式会社
【カバー印刷】
株式会社久栄社
【DTP】
株式会社ビーワークス
【フォーマット・デザイン】
日下潤一

ISBN978-4-575-52572-4 C0193
Printed in Japan

双葉文庫　好評既刊

ときどき旅に出るカフェ

近藤史恵

海外の珍しいメニューを提供するカフェ・ルーズ。あちこちで起こる小さな事件や日々のモヤモヤは、世界の食べ物たちが解決のカギとなり……。心が満たされる連作短編集。

双葉文庫　好評既刊

4ページミステリー　震える黒

蒼井上鷹

傑作ショートショートミステリー集のシリーズ第三弾。原稿用紙5枚に込められたどんでん返しは予測不可能！　ちょっとした待ち時間や移動時間、お出かけのお供にぴったりの一冊。

双葉文庫　好評既刊

ほろよい読書

織守きょうや　原田ひ香
坂井希久子　柚木麻子
額賀澪

酒好きな伯母の秘密を探る姪っ子、将来に悩む日本酒蔵の跡取り娘、自宅での果実酒作りにはまるアラフォー女性。「お酒と女性」をテーマに今をときめく女性作家達が描いた5つの短編小説集。

双葉文庫　好評既刊

ぬるくゆるやかに流れる黒い川

櫛木理宇

六年前に家族を惨殺された栗山香那と進藤小雪は二十歳になって再会した。動機不明のまま自殺した犯人が語らなかった事件の真相を探り始める。

双葉文庫　好評既刊

さらさら流る

柚木麻子

かつての恋人に撮られた自分のヌード写真がネットに流出していた。偶然発見した菫は、写真消去のために必死に動きながら、元恋人との日々を思い起こすが……。